DISCLAIMER

The author and publisher are providing this book and its contents on an "as is" basis and make no representations or warranties of any kind with respect to this book or its contents. The author and publisher disclaim all such representations and warranties, including but not limited to warranties of merchantability. In addition, the author and publisher do not represent or warrant that the information accessible via this book is accurate, complete, or current.

Except as specifically stated in this book, neither the author nor publisher, nor any authors, contributors, or other representatives will be liable for damages arising out of or in connection with the use of this book. This is a comprehensive limitation of liability that applies to all damages of any kind, including (without limitation) compensatory; direct, indirect, or consequential damages; loss of data, income, or profit; loss of or damage to property; and claims of third parties.

This Book Comes With Free Bonus Puzzles
Available Here:

BestActivityBooks.com/WSBONUS20

5 TIPS TO START!

1) HOW TO SOLVE

The Puzzles are in a Classic Format:

- Words are hidden without breaks (no spaces, dashes, ...)
- Orientation: Forward & Backward, Up & Down or in Diagonal (can be in both directions)
- Words can overlap or cross each other

2) ACTIVE LEARNING

To encourage learning actively, a space is provided next to each word to write down the translation. The **DICTIONARY** allows you to verify and expand your knowledge. You can look up and write down each translation, find the words in the Puzzle then add them to your vocabulary!

3) TAG YOUR WORDS

Have you tried using a tag system? For example, you could mark the words which have been difficult to find with a cross, the ones you loved with a star, new words with a triangle, rare words with a diamond and so on...

4) ORGANIZE YOUR LEARNING

We also offer a convenient **NOTEBOOK** at the end of this edition. Whether on vacation, travelling or at home, you can easily organize your new knowledge without needing a second notebook!

5) FINISHED?

Go to the bonus section: **MONSTER CHALLENGE** to find a free game offered at the end of this edition!

Want more fun and learning activities? It's **Fast and Simple!**
An entire Game Book Collection just **one click away!**

Find your next challenge at:

BestActivityBooks.com/MyNextWordSearch

Ready, Set... Go!

Did you know there are around 7,000 different languages in the world? Words are precious.

We love languages and have been working hard to make the highest quality books for you. Our ingredients?

A selection of indispensable learning themes, three big slices of fun, then we add a spoonful of difficult words and a pinch of rare ones. We serve them up with care and a maximum of delight so you can solve the best word games and have fun learning!

Your feedback is essential. You can be an active participant in the success of this book by leaving us a review. Tell us what you liked most in this edition!

Here is a short link which will take you to your order page.

BestBooksActivity.com/Review50

Thanks for your help and enjoy the Game!

Linguas Classics Team

1 - Antiques

```
S  H  H  I  D  E  K  V  A  L  I  T  E  T
T  A  J  I  R  E  L  A  G  X  L  I  A  T
I  C  H  I  J  S  C  E  Q  B  R  K  B  P
L  X  K  J  X  L  O  E  G  D  O  A  J  J
K  O  V  A  N  I  C  E  N  A  U  N  S  R
S  K  U  L  P  T  U  R  A  I  N  O  P  L
N  A  M  J  E  Š  T  A  J  C  J  T  S  F
E  R  D  O  W  U  Y  A  K  J  I  E  A  O
Y  N  O  S  T  A  R  A  D  Y  F  M  N  N
A  J  I  C  A  R  U  A  T  S  E  R  E  S
X  N  T  S  O  N  T  E  J  M  U  Z  J  A
R  F  T  B  E  J  N  A  G  A  L  U  I  R
O  N  Č  I  B  O  E  N  E  L  P  Đ  C  K
T  D  V  A  J  I  C  K  U  A  S  D  I  U
```

UMJETNOST	ULAGANJE
AUKCIJA	NAKIT
CENTURY	STAR
KOVANICE	CIJENA
DECENIJE	KVALITET
UKRASNO	RESTAURACIJA
ELEGANTAN	SKULPTURA
NAMJEŠTAJ	STIL
GALERIJA	NEOBIČNO

2 - Food #1

```
Š  C  I  M  E  T  J  L  S  O  K  J  T  O
W  P  S  O  Đ  Z  H  X  U  C  I  A  U  T
K  H  I  C  G  K  F  C  O  K  A  G  N  A
G  O  Q  N  M  L  I  J  E  K  O  O  A  W
Y  O  X  M  A  Č  E  J  G  X  U  D  W  Č
L  Z  N  I  U  T  O  T  O  E  U  A  F  E
A  U  L  D  K  M  A  R  E  L  I  C  A  Š
Z  B  O  N  R  K  I  K  I  R  I  K  I  N
Y  A  H  N  U  M  I  L  Z  Z  B  I  V  J
O  S  A  K  Š  S  W  Š  M  M  W  E  O  A
L  I  S  G  K  A  P  E  R  R  Z  R  J  K
F  L  A  L  A  P  X  Ć  O  P  K  S  I  D
D  E  J  S  U  P  A  E  T  Đ  M  V  K  Đ
S  A  L  A  T  A  T  R  X  J  O  K  A  X
```

MARELICA	KIKIRIKI
JEČAM	KRUŠKA
BASILE	SALATA
MRKVA	SO
CIMET	SUPA
ČEŠNJAK	ŠPINAT
SOK	JAGODA
LIMUN	ŠEĆER
MLIJEKO	TUNA
LUK	REPA

3 - Measurements

```
S D C V X H I L I T A R M I
I L Z I D E F N U R Q K I T
A Đ S S R M W S C S L I N D
M Z T I R U R V R H Q L U U
A A Y N Z L E T H J L O T Ž
R N S A N O T X T I Z G A I
G I R S G V E K K Z W R S N
P B R A T E M O L I K A T A
I U Š I R I N A T H X M E R
M D U F P P Q V S E W R P Q
D B G N B Đ Q J I X Ž C E C
A C E N T I M E T A R I N N
U N C A B A J T O O K F N H
S J E G D E C I M A L N I A
```

BAJT	DUŽINA
CENTIMETAR	LITAR
DECIMALNI	MASS
STEPEN	METER
DUBINA	MINUTA
GRAM	UNCA
VISINA	TONA
INCH	VOLUME
KILOGRAM	TEŽINA
KILOMETAR	ŠIRINA

4 - Farm #2

```
K  Ž  L  U  L  A  C  Q  O  E  D  L  F  H
O  I  S  X  P  I  Y  L  Z  J  P  L  A  R
Š  V  J  B  B  B  V  K  E  N  O  A  R  A
N  O  L  L  A  M  A  A  O  A  V  I  M  N
I  T  P  M  O  A  K  J  D  V  R  B  E  A
C  I  N  A  R  J  T  N  K  A  Ć  A  R  C
A  N  Đ  Č  S  Đ  A  Ć  U  J  E  R  M  I
H  J  K  E  T  T  P  O  K  N  Ć  N  L  N
N  E  A  J  Q  H  I  V  U  D  O  M  I  E
T  R  A  K  T  O  R  R  R  O  V  J  J  Š
O  X  Z  F  C  X  Q  G  U  V  S  B  E  P
J  V  N  Đ  F  V  Z  G  Z  A  Z  C  K  V
J  J  C  C  J  T  M  Q  E  N  N  H  O  P
Y  C  N  E  I  E  T  Y  U  T  S  Z  X  U
```

ŽIVOTINJE	JAMB
JEČAM	LLAMA
BARN	LIVADA
KOŠNICA	MLIJEKO
KUKURUZ	VOĆNJAK
PATKA	OVCE
FARMER	PASTIR
HRANA	TRAKTOR
VOĆE	POVRĆE
NAVODNJAVANJE	PŠENICA

5 - Books

```
G Z A K R I B Z K U R K I I
P K C T K M F Y O D O N N K
E L I S I N H J N D M J V M
F J N Y X A R O T U A I E C
T R A G I Č N O E C N Ž N T
E V R F O I Q P K P J E T D
N P T G H R M C S P J V I U
S A S N J P A B T O L N V A
Y J R K H U M O R A N O N L
Đ I Č A I Y E K X Y R S O I
C Z O I T S O J S S X I A T
U E D F T O P I T U P Đ Q E
K O S K E A R U T N A V A T
Q P S D O Đ Č S E R I J A N
```

AVANTURA
AUTOR
ZBIRKA
KONTEKST
DUALITET
EPSKI
HUMORAN
INVENTIVNO
KNJIŽEVNO

NARATOR
ROMAN
STRANICA
POEMA
POEZIJA
ČITAČ
SERIJA
PRIČA
TRAGIČNO

6 - Meditation

```
Z  P  H  D  M  G  S  D  M  N  D  D  G  V
A  R  Đ  I  I  U  P  V  R  I  Đ  E  N  A
H  I  O  V  D  S  Z  T  O  N  R  O  E  J
V  H  R  U  B  L  A  I  B  O  G  I  K  N
A  V  H  I  Y  B  V  N  K  Z  C  O  Y  Ž
L  A  M  O  J  X  I  Đ  J  A  U  R  Z  A
N  T  X  N  B  G  T  Đ  T  E  R  K  O  P
O  A  B  L  M  A  K  E  M  O  C  I  J  E
S  N  U  A  J  N  E  Č  U  M  I  S  L  I
T  J  D  T  R  I  P  X  Z  K  O  L  I  Y
I  E  A  N  F  Š  S  I  A  E  Q  K  Y  B
A  L  N  E  M  I  R  X  R  R  A  Y  C  W
O  M  W  M  A  T  E  J  A  S  N  O  Ć  A
A  D  O  R  I  R  P  T  B  A  G  D  W  U
```

PRIHVATANJE	RAZUM
PAŽNJA	POKRET
BUDAN	MUZIKA
DISANJE	PRIRODA
JASNOĆA	MIR
EMOCIJE	PERSPEKTIVA
ZAHVALNOST	TIŠINA
UVID	UČENJA
MENTALNO	MISLI

7 - Days and Months

```
T  B  Z  T  H  H  P  K  E  S  F  M  D  I
J  A  N  U  A  R  O  S  U  X  I  D  O  L
I  J  F  P  M  A  N  R  A  U  R  B  E  F
Č  L  O  L  J  B  E  I  N  S  O  P  K  M
E  E  U  R  E  M  D  J  O  U  K  A  Z  W
T  J  V  J  S  E  J  E  V  B  T  V  S  V
V  D  Đ  Q  E  T  E  D  E  O  O  G  E  K
R  E  M  A  C  P  L  A  M  T  B  U  D  P
T  N  D  Q  P  E  J  Q  B  A  A  S  M  E
A  A  G  P  S  S  A  R  A  W  R  T  I  T
K  O  P  C  J  W  K  A  R  O  T  U  C  A
V  X  V  R  K  A  L  E  N  D  A  R  U  K
A  G  A  N  I  D  O  G  O  Y  A  I  A  A
J  P  B  G  I  L  L  J  D  T  M  X  R  M
```

APRIL	NOVEMBAR
AVGUST	OKTOBAR
KALENDAR	SUBOTA
FEBRUAR	SEPTEMBAR
PETAK	NEDJELJA
JANUAR	ČETVRTAK
JULI	UTORAK
MART	SRIJEDA
PONEDJELJAK	SEDMICU
MJESEC	GODINA

8 - Energy

```
P  A  R  A  T  O  L  P  O  T  L  L  U  O
P  Q  W  J  B  R  M  B  Đ  K  E  D  G  E
B  T  I  N  D  U  S  T  R  I  J  A  L  E
L  E  M  B  E  N  Z  I  N  D  N  J  J  L
O  B  N  O  V  L  J  I  V  O  E  I  I  E
N  D  I  Z  E  L  E  U  R  V  Đ  R  K  K
U  T  W  P  K  P  V  B  A  M  A  E  G  T
K  U  F  M  Đ  L  U  T  T  B  G  T  I  R
L  R  O  Z  X  X  K  U  E  R  A  A  T  O
E  B  T  M  O  T  O  R  J  L  Z  B  X  N
A  I  O  K  G  O  R  I  V  O  J  H  N  I
R  N  N  E  L  E  K  T  R  I  Č  N  I  R
N  A  V  P  E  N  T  R  O  P  I  J  A  S
I  B  F  V  O  K  R  U  Ž  E  N  J  E  V
```

BATERIJA	VODIK
UGLJIK	INDUSTRIJA
DIZEL	MOTOR
ELEKTRIČNI	NUKLEARNI
ELEKTRON	FOTON
ENTROPIJA	ZAGAĐENJE
OKRUŽENJE	OBNOVLJIVO
GORIVO	PARA
BENZIN	TURBINA
TOPLOTA	VJETAR

9 - Archeology

```
C  O  G  R  A  N  A  L  I  Z  A  N  S  D
I  T  K  E  J  B  O  O  O  D  Y  A  T  R
V  Q  Đ  L  J  J  K  K  E  V  V  L  R  E
I  J  S  I  T  S  O  K  U  O  L  A  U  V
L  N  R  K  G  U  G  C  K  P  P  Z  Č  N
I  Č  A  V  I  Ž  A  R  T  S  I  I  N  I
Z  P  C  I  T  I  M  N  D  S  G  R  J  G
A  R  I  J  F  O  S  I  L  Đ  V  N  A  S
C  O  N  A  K  I  T  N  A  V  Z  P  K  S
I  C  B  F  R  A  G  M  E  N  T  I  W  H
J  J  O  F  Đ  E  P  O  T  O  M  A  K  R
A  E  R  V  M  I  S  T  E  R  I  J  A  A
X  N  G  H  R  L  A  U  J  D  W  Q  G  M
T  A  N  Z  O  P  E  N  G  Đ  W  G  L  N
```

ANALIZA	FOSIL
DREVNI	FRAGMENTI
ANTIKA	MISTERIJA
KOSTI	OBJEKTI
CIVILIZACIJA	RELIKVIJA
POTOMAK	ISTRAŽIVAČ
ERA	TIM
PROCJENA	HRAM
STRUČNJAK	GROBNICA
NALAZI	NEPOZNAT

10 - Food #2

```
J  R  X  Q  I  W  C  J  Q  A  D  W  D  S
T  F  F  Q  J  F  C  C  A  Q  T  J  O  P
K  O  Q  B  X  Đ  E  K  N  B  R  Z  V  Č
E  E  Đ  X  H  Q  Y  I  A  A  U  N  E  O
B  R  O  K  U  L  A  V  N  K  G  K  S  K
T  R  E  Š  N  J  A  I  A  U  O  A  A  O
C  E  L  E  R  Š  R  E  B  I  J  T  R  L
W  Đ  J  Z  I  U  I  C  K  O  K  O  Š  A
E  Ž  X  A  S  N  B  D  U  K  G  W  R  D
K  O  W  P  J  K  A  C  I  N  E  Š  P  A
O  R  T  U  O  A  H  Ž  K  F  D  Đ  H  H
Q  G  N  K  A  K  O  Č  I  T  R  A  J  N
P  A  T  L  I  D  Ž  A  N  R  Z  J  Y  Z
P  A  R  A  D  A  J  Z  G  L  J  I  V  A
```

JABUKA	PATLIDŽAN
ARTIČOKA	RIBA
BANANA	GROŽĐE
BROKULA	ŠUNKA
CELER	KIVI
SIR	GLJIVA
TREŠNJA	RIŽA
KOKOŠ	PARADAJZ
ČOKOLADA	PŠENICA
JAJE	JOGURT

11 - Chemistry

```
X  H  C  I  Y  Z  L  V  A  K  O  U  K  A
X  L  N  O  Z  W  G  B  O  O  S  I  A  L
L  O  T  N  Q  V  X  U  X  D  D  B  T  K
F  R  O  O  U  G  L  J  I  K  I  X  A  A
H  Q  W  R  P  X  P  W  C  I  U  K  L  L
N  N  K  Z  G  L  G  A  S  S  Q  T  I  N
V  J  H  Đ  J  A  O  Y  V  I  I  M  Z  A
I  P  X  Y  N  I  N  T  W  K  L  S  A  L
A  T  O  M  S  K  I  S  A  A  I  X  T  U
K  I  S  E  L  I  N  A  K  Đ  W  K  O  K
E  L  E  K  T  R  O  N  M  I  S  C  R  E
T  E  M  P  E  R  A  T  U  R  A  Q  Y  L
N  U  K  L  E  A  R  N  I  F  A  J  S  O
T  E  Ž  I  N  A  R  E  N  Z  I  M  O  M
```

KISELINA	VODIK
ALKALNA	ION
ATOMSKI	LIQUID
UGLJIK	MOLEKULA
KATALIZATOR	NUKLEARNI
HLOR	ORGANSKI
ELEKTRON	KISIK
ENZIM	SO
GAS	TEMPERATURA
TOPLOTA	TEŽINA

12 - Music

```
L  M  R  K  H  Đ  T  H  D  Q  D  H  S  C
I  L  W  K  Z  A  T  R  O  S  I  T  N  Y
R  Z  Y  N  L  I  R  T  U  R  K  T  I  F
S  Z  I  G  K  A  P  M  U  B  L  A  M  P
K  G  S  Đ  I  C  S  D  O  X  E  R  A  J
I  A  L  W  N  D  I  I  T  N  H  W  N  E
M  I  K  R  O  F  O  N  K  R  I  A  J  V
V  T  I  E  M  A  H  O  K  A  P  J  E  A
O  C  Z  G  R  I  T  A  M  Č  O  I  A  T
K  H  U  N  A  R  E  P  O  I  E  D  D  I
A  N  J  I  H  I  S  X  O  Z  T  O  A  A
L  G  M  S  S  N  G  V  V  U  I  L  L  O
R  I  T  M  I  Č  K  I  O  M  K  E  A  V
I  N  S  T  R  U  M  E  N  T  A  M  B  G
```

ALBUM	MJUZIKL
BALADA	MUZIČAR
HOR	OPERA
KLASIKA	POETIKA
HARMONIK	SNIMANJE
HARMONIJA	RITAM
INSTRUMENT	RITMIČKI
LIRSKI	PJEVATI
MELODIJA	SINGER
MIKROFON	VOKAL

13 - Family

```
Y  R  X  A  S  K  A  D  E  R  P  W  X  A
Đ  T  G  M  U  K  C  J  D  I  J  E  T  E
T  X  B  F  P  Ć  E  E  Č  U  N  U  L  J
N  E  S  Z  R  E  J  D  M  A  J  K  A  N
B  E  T  J  U  R  D  O  V  H  L  O  N  I
C  R  Ć  K  G  K  C  Đ  U  J  A  K  R  T
E  V  A  A  A  T  Y  B  I  Y  A  E  E
V  G  R  T  K  K  F  F  Y  J  W  Ć  T  J
A  N  T  Z  E  I  R  O  Đ  A  K  E  A  D
G  S  S  C  T  U  N  V  T  U  E  N  P  G
R  T  E  G  G  I  I  J  P  H  X  A  L  U
Z  E  S  C  Q  U  G  W  A  L  W  M  D  N
M  A  J  Č  I  N  S  K  A  M  H  V  L  U
S  U  P  R  U  G  A  T  P  L  Đ  C  Đ  K
```

PREDAK	UNUK
TETKA	SUPRUG
BRATE	MAJČINSKA
DIJETE	MAJKA
DJETINJE	NEĆAK
DJECA	NEĆAKINJA
ROĐAK	PATERNAL
KĆERKA	SESTRA
UNUČE	UJAK
DJED	SUPRUGA

14 - Farm #1

```
X  W  P  P  Q  C  F  K  E  E  L  S  Đ  P
U  N  D  A  V  A  R  K  F  H  H  F  R  Č
C  R  L  S  M  R  Z  T  A  N  T  Đ  X  E
H  N  K  O  A  A  R  E  V  C  V  E  N  L
Đ  H  Z  Z  Č  G  K  I  Y  L  V  M  L  A
Q  U  S  I  K  A  C  P  T  Q  K  E  V  E
R  P  B  S  A  M  Q  E  V  L  D  J  P  J
A  D  A  R  G  O  N  E  J  I  S  S  N  L
U  S  D  B  I  Y  G  B  Đ  K  Đ  M  P  O
R  J  U  B  Y  V  N  J  N  O  K  G  W  P
X  I  Y  Q  S  P  O  S  O  K  C  V  E  Đ
N  S  Ž  M  M  E  D  A  Z  O  K  O  X  P
C  F  Y  A  N  A  R  V  I  Š  Y  D  O  D
O  N  C  V  T  H  W  Q  B  D  D  A  I  O
```

PČELA
BIZON
TELE
MAČKA
KOKOŠ
KRAVA
VRANA
PAS
MAGARAC
OGRADA

ĐUBRIVO
POLJE
KOZA
SIJENO
MED
KONJ
RIŽA
SJEME
VODA

15 - Camping

```
N  I  L  A  P  M  Đ  S  G  B  R  Đ  R  S
U  N  A  K  H  E  J  N  I  T  O  V  I  Ž
O  S  P  D  A  D  T  E  L  O  V  R  Š  R
D  E  A  R  M  X  A  K  S  R  L  L  E  P
A  K  M  V  M  O  D  W  T  E  G  D  Š  U
Š  T  G  E  O  A  E  O  G  A  C  L  U  Ž
J  A  S  Ć  C  V  K  A  B  I  N  A  M  E
B  Đ  T  E  K  A  D  K  Y  F  P  R  A  P
Z  S  M  O  H  N  X  J  H  Y  T  B  M  R
Z  A  X  N  R  T  P  L  A  N  I  N  A  I
U  P  B  B  C  U  Z  H  V  U  C  E  Z  R
P  M  Y  A  S  R  J  E  Z  E  R  O  F  O
J  O  I  F  V  A  Z  U  U  U  W  R  T  D
I  K  N  Q  H  A  P  U  M  L  B  O  G  A
```

AVANTURA	LOV
ŽIVOTINJE	INSEKT
KABINA	JEZERO
KANU	MAPA
KOMPAS	MJESEC
PALI!	PLANINA
ŠUMA	PRIRODA
ZABAVA	UŽE
HAMMOCK	ŠATOR
ŠEŠIR	DRVEĆE

16 - Algebra

```
O  O  F  J  E  D  N  A  Č  I  N  A  N  Y
N  D  B  A  L  U  M  R  O  F  G  R  A  F
Č  U  R  N  L  D  I  J  A  G  R  A  M  I
A  Z  O  Y  O  S  F  A  K  T  O  R  S  V
N  I  J  F  L  G  E  U  Y  R  K  H  L  A
O  M  E  Đ  V  A  R  I  J  A  B  L  A  T
K  A  T  A  D  O  D  Đ  H  D  D  M  B  S
S  N  N  A  L  C  Đ  S  U  M  A  X  E  O
E  J  E  D  C  K  O  L  I  Č  I  N  A  N
B  E  N  A  N  I  P  R  O  B  L  E  M  D
X  Z  O  R  U  K  R  J  E  Š  E  N  J  E
O  W  P  G  L  P  O  T  U  Đ  S  R  M  J
Q  Z  X  A  A  L  J  U  A  M  A  L  O  O
M  Đ  E  Z  U  J  G  G  Y  M  M  F  K  P
```

DODATAK	BROJ
DIJAGRAM	ZAGRADA
JEDNAČINA	PROBLEM
EXPONENT	KOLIČINA
FAKTOR	POJEDNOSTAVI
FALSE	RJEŠENJE
FORMULA	ODUZIMANJE
GRAF	SUMA
BESKONAČNO	VARIJABLA
MATRICA	NULA

17 - Numbers

```
D  T  I  N  L  A  M  I  C  E  D  N  Z  V
D  E  M  A  S  O  O  C  G  T  E  P  Č  S
V  S  S  D  T  S  E  A  N  S  E  Š  E  E
A  T  Y  E  T  R  I  N  A  E  S  T  T  D
D  K  X  J  T  M  T  R  T  A  L  U  R  A
E  D  V  A  X  E  S  E  I  N  W  A  N  M
S  D  V  A  N  A  E  S  T  T  Q  S  A  N
E  D  S  Đ  Y  R  A  W  T  E  E  Z  E  A
T  E  E  U  M  X  N  Đ  T  P  X  Č  S  E
O  V  D  K  Đ  B  T  B  G  R  R  E  T  S
Y  E  A  V  U  W  E  C  T  O  I  O  L  T
P  T  M  G  E  G  V  I  Đ  B  S  Y  Q  Z
O  S  A  M  N  A  E  S  T  Š  E  S  T  H
E  L  I  A  R  Y  D  Z  H  P  Y  W  E  L
```

DECIMALNI	SEDAM
OSAM	SEDAMNAEST
OSAMNAEST	ŠEST
PETNAEST	ŠESNAEST
PET	DESET
ČETIRI	TRINAEST
ČETRNAEST	TRI
DEVET	DVANAEST
DEVETNAEST	DVADESET
JEDAN	DVA

18 - Spices

```
T  A  K  Š  U  M  G  Č  A  R  O  M  O  K
C  N  T  X  V  U  T  I  H  E  V  O  L  C
G  I  L  T  S  Đ  S  Đ  N  N  C  M  H  S
G  S  U  K  U  Y  E  A  Y  G  Z  A  L  L
C  O  Š  A  F  R  A  N  J  C  E  D  N  A
V  U  R  E  D  N  A  I  R  O  C  R  L  T
A  U  M  A  P  A  P  R  I  K  A  A  Z  K
N  O  G  I  K  A  J  N  Š  E  Č  K  C  O
I  Q  Q  Đ  N  E  P  A  U  Y  P  L  I  L
L  M  M  I  G  C  B  Y  Q  K  L  N  M  Y
I  Z  F  E  N  U  G  R  E  E  K  N  E  S
J  B  Z  R  E  B  T  R  T  M  E  M  T  Đ
A  P  J  Y  C  I  A  U  S  O  I  L  U  K
E  M  V  N  M  V  R  C  Q  F  J  D  J  T
```

ANIS	UKUS
GORAK	ČEŠNJAK
KARDAMOM	GINGER
CIMET	MUŠKAT
CLOVE	LUK
CORIANDER	PAPRIKA
CUMIN	ŠAFRAN
CURRY	SO
KOMORAČ	SLATKO
FENUGREEK	VANILIJA

19 - Universe

```
S  L  A  T  I  T  U  D  E  H  T  I  B  T
G  O  Z  D  A  T  I  B  R  O  E  B  X  Đ
P  A  L  M  J  E  S  E  C  R  L  A  E  U
D  J  M  A  E  O  N  M  I  I  E  S  A  L
Z  I  N  A  R  J  D  S  M  Z  S  T  T  V
S  M  I  R  I  N  R  D  S  O  K  R  M  I
R  O  R  E  P  J  O  K  O  N  O  O  O  D
X  N  L  F  T  A  M  A  C  T  P  N  S  L
G  O  K  S  N  E  B  E  S  K  I  O  F  J
C  R  T  I  T  S  C  W  P  X  L  M  E  I
G  T  N  M  D  I  O  R  E  T  S  A  R  V
V  S  Y  E  A  V  C  A  I  D  O  Z  A  L
S  A  H  H  B  A  J  I  S  K  A  L  A  G
Y  J  V  N  Y  O  F  Q  J  J  F  Đ  T  M
```

ASTEROID	HORIZONT
ASTRONOM	LATITUDE
ASTRONOMIJA	MJESEC
ATMOSFERA	ORBITA
NEBESKI	NEBO
COSMIC	SOLARNO
TAMA	SOLSTICIJ
EON	TELESKOP
GALAKSIJA	VIDLJIV
HEMISFERA	ZODIAC

20 - Mammals

```
M  K  E  X  X  B  N  Y  O  G  D  O  B  L
G  A  O  R  P  J  E  Q  U  O  E  V  I  A
H  K  J  J  X  G  B  A  W  R  L  C  K  V
Z  Č  V  M  O  L  C  C  R  I  F  E  U  N
T  A  S  O  U  T  T  I  K  L  I  R  V  F
F  M  L  Z  R  N  S  S  M  A  N  X  R  D
E  Q  O  L  M  D  F  I  Ž  I  R  A  F  A
B  T  N  F  A  V  J  L  K  E  N  G  U  R
T  I  T  C  R  P  A  S  K  Q  F  T  N  E
S  Y  D  C  N  L  R  T  O  A  Z  E  C  V
T  T  A  O  K  E  B  G  N  A  Z  H  Z  I
Q  D  Z  T  K  Q  E  G  J  L  R  B  Đ  B
P  S  M  L  V  T  Z  W  Z  L  I  E  T  G
Đ  I  V  K  F  E  C  Y  N  N  I  Z  H  C
```

BEAR	GORILA
BIVER	KONJ
BIK	KENGUR
MAČKA	LAV
KOJOT	MAJMUN
PAS	ZEC
DELFIN	OVCE
SLON	KIT
LISICA	VUK
ŽIRAFA	ZEBRA

21 - Bees

```
I  I  X  Z  L  W  X  L  V  E  R  H  C  O
I  N  X  V  D  C  D  J  Y  Y  A  P  V  P
H  S  O  M  C  H  Y  D  E  M  Z  J  I  R
R  E  K  R  A  L  J  I  C  A  N  F  J  A
A  K  H  F  V  P  O  A  N  S  O  B  E  Š
N  T  D  O  U  O  R  P  U  T  L  I  Ć  I
A  E  Đ  I  W  S  Ć  R  S  A  I  L  E  V
B  K  L  J  O  K  I  E  D  N  K  J  V  A
A  P  O  L  E  N  V  C  C  I  O  K  I  Č
Š  C  Z  L  P  W  S  L  C  Š  S  E  H  I
T  H  F  R  S  H  A  I  Z  T  T  T  D  J
A  F  L  P  P  C  M  X  R  E  K  G  Q  V
C  R  D  H  B  L  O  S  S  O  M  I  D  D
E  K  O  S  I  S  T  E  M  Z  K  Q  Y  L
```

KORISNO	MED
BLOSSOM	INSEKT
RAZNOLIKOST	BILJKE
EKOSISTEM	POLEN
CVIJEĆE	OPRAŠIVAČ
HRANA	KRALJICA
VOĆE	DIM
BAŠTA	SUNCE
STANIŠTE	ROJ
HIVE	WAX

22 - Photography

```
F O R M A T R X Q G X Q Z P
F Y O A X J P A R E M A K O
G B J L L Z O P S O P B O R
A M M G O T B B Q V L B A T
V A T S A S B F J U J J K R
I V D Z S A T B Y Z O E V E
T A M A J R E C R N A P T T
K B E I E T K R L O R H E A
E Ž I R N N S H S U P O M I
P O Y F E O T K E J B O D E
S L K Đ H K U X V C I Z E P
R Z U V H H R F D K V S R C
E I J G I T A Š K E M O P Q
P M U W L R V I Z U E L N I
```

CRNA
KAMERA
BOJA
SASTAV
KONTRAST
TAMA
IZLOŽBA
FORMAT
OKVIR

RASVJETA
OBJEKT
PERSPEKTIVA
PORTRET
SJENE
OMEKŠATI
PREDMET
TEKSTURA
VIZUELNI

23 - Weather

```
S  Z  R  U  R  T  O  B  L  A  K  W  C  T
U  M  U  R  A  G  A  N  M  I  S  C  W  E
Š  S  U  C  T  T  O  D  A  N  R  O  T  M
A  H  L  N  E  U  H  Y  O  V  N  O  P  P
L  U  X  F  J  A  U  U  U  P  R  L  O  E
G  B  K  G  V  A  S  N  N  W  M  U  P  R
A  G  U  D  A  U  O  L  L  D  T  J  L  A
M  B  T  Đ  S  V  W  A  V  E  E  A  A  T
A  T  M  O  S  F  E  R  A  L  Đ  R  V  U
M  P  P  N  U  S  N  O  M  G  A  Z  A  R
I  O  T  L  E  P  O  L  A  R  D  U  J  A
L  E  R  H  K  B  F  G  Q  X  C  T  M  I
K  M  V  B  I  H  O  N  Č  A  L  B  O  U
Z  V  U  N  E  N  D  A  V  M  K  Đ  T  Z
```

ATMOSFERA	MUNJA
KLIMA	MONSUN
OBLAK	POLAR
OBLAČNO	DUGA
SUŠA	NEBO
SUHO	OLUJA
POPLAVA	TEMPERATURA
MAGLA	THUNDER
URAGAN	TORNADO
LED	VJETAR

24 - Adventure

```
I  R  O  I  Y  J  K  A  T  O  P  E  J  L
I  Z  Đ  O  Z  I  S  K  S  S  M  U  K  R
T  P  A  O  Y  H  U  T  Š  A  N  S  A  A
I  R  M  Z  E  Š  I  D  E  R  D  O  D
N  I  E  X  O  Y  X  V  X  D  U  Z  D  O
E  R  R  A  N  V  W  N  F  T  O  F  Đ  S
R  O  P  V  S  N  I  O  K  Š  E  T  P  T
A  D  I  L  A  I  T  S  O  R  B  A  R  H
R  A  R  A  P  J  F  T  S  N  N  K  E  X
J  A  P  A  O  J  S  E  C  P  O  I  Z  S
I  Z  L  E  T  N  V  H  L  V  V  L  N  U
P  R  I  J  A  T  E  L  J  I  O  I  J  V
S  I  G  U  R  N  O  S  T  K  B  R  R  Z
E  N  T  U  Z  I  J  A  Z  A  M  P  W  Y
```

AKTIVNOST	IZLET
LJEPOTA	PRIJATELJI
HRABROST	ITINERAR
IZAZOVI	RADOST
ŠANSA	PRIRODA
OPASNO	NOVO
ODREDIŠTE	PRILIKA
TEŠKO	PRIPREMA
ENTUZIJAZAM	SIGURNOST

25 - Circus

```
U  A  S  M  H  R  E  L  G  N  O  Ž  S  Y
N  C  P  I  A  A  D  Y  T  U  Đ  I  P  S
F  R  E  L  D  G  K  N  B  A  P  V  E  I
M  O  C  B  A  I  I  A  G  L  L  O  K  N
A  B  T  A  U  T  Z  J  K  K  O  T  T  L
B  A  A  J  R  Y  I  Đ  A  U  G  I  A  A
A  T  T  D  S  L  A  T  K  I  Š  N  K  V
L  R  O  T  A  Š  N  D  I  G  F  J  U  Đ
O  C  R  I  O  R  O  Z  Z  H  M  E  L  F
N  O  L  S  W  M  A  A  U  H  U  I  A  M
I  T  A  Z  A  K  O  P  M  T  A  I  R  F
N  B  Y  M  A  J  M  U  N  A  R  S  N  V
Y  Đ  S  X  K  O  S  T  I  M  D  I  O  Đ
G  Q  P  I  W  J  X  H  L  Đ  N  R  K  J
```

ACROBAT	MAJMUN
ŽIVOTINJE	MUZIKA
BALONI	PARADA
SLATKIŠ	POKAZATI
KLAUN	SPEKTAKULARNO
KOSTIM	SPECTATOR
SLON	ŠATOR
ŽONGLER	TIGAR
LAV	TRIK
MAGIJA	

26 - Restaurant #2

```
E  F  M  S  K  R  F  Y  S  X  Q  X  E  J
H  H  Z  T  Y  O  O  D  M  U  Z  I  W  S
I  E  Ć  O  V  N  N  H  Y  H  P  Đ  S  O
A  T  A  L  A  S  W  O  I  R  X  A  Q  D
Y  A  K  I  A  U  X  W  B  L  W  K  E  V
U  L  Š  C  P  K  U  Đ  Z  A  B  I  R  T
C  X  U  A  L  U  Z  M  F  F  R  Š  V  L
J  A  J  A  E  B  Z  X  V  Q  I  A  W  L
Z  L  L  E  D  E  A  Đ  Z  E  W  K  S  Y
A  H  I  U  F  Ć  F  U  G  J  Č  O  W  R
Č  H  V  P  J  R  U  Č  A  K  J  E  U  K
I  V  O  D  A  V  N  W  Z  R  P  G  R  W
N  P  M  T  Q  O  Y  G  K  O  L  A  Č  A
I  A  A  O  Z  P  T  D  U  Q  Q  L  Đ  I
```

KOLAČ   RUČAK
STOLICA   SALATA
UKUSNO   SO
VEČERA   SUPA
JAJA   ZAČINI
RIBA   KAŠIKA
VILJUŠKA   POVRĆE
VOĆE   KONOBAR
LED   VODA

27 - Geology

```
E  S  X  X  G  K  S  O  B  H  E  P  Q  P
G  E  J  Z  I  R  O  A  J  I  Z  O  R  E
O  R  S  I  K  D  R  N  A  K  L  U  V  Ć
W  T  T  L  C  I  L  A  T  S  I  R  K  I
S  O  A  A  R  L  C  W  J  I  J  N  N  N
G  J  L  R  A  I  A  V  L  D  N  V  V  A
V  L  A  E  V  S  N  K  B  O  G  E  G  H
J  M  K  N  K  O  I  I  Q  H  K  X  N  E
O  E  T  I  Y  F  L  B  B  D  M  J  Z  T
L  Z  I  M  U  A  E  T  A  L  P  T  G  E
S  A  T  K  X  T  S  S  T  O  N  E  E  A
T  W  V  H  R  Đ  I  C  I  K  L  U  S  I
J  G  S  A  H  H  K  K  O  R  A  L  U  J
Q  O  W  L  H  Đ  X  B  G  U  Đ  Y  T  O
```

KISELINA	GEJZIR
KALCIJ	LAVA
PEĆINA	SLOJ
KONTINENT	MINERALI
KORAL	PLATEAU
KRISTALI	KVARC
CIKLUSI	SO
ZEMLJOTRES	STALAKTIT
EROZIJA	STONE
FOSIL	VULKAN

28 - House

```
B O M Z U Đ T V P W R Y W R
A Ž A R A G A E R O Z O R P
Š L A M P A V S O A L T E M
T K A M I N A E O N T T U Š
A K A F K T N J L B J A C C
Đ I K T U B V V F Đ A B S O
H W E P O P S A I W T A I G
H I T K Đ Z S Z T M Š P F L
K R O V U K L J U Č E V E E
A A I P I H D L K Q J C T D
G H L P D P I K T B M Z B A
A X B X W A Z N Q A A F Q L
G W I L S W O B J O N R F O
W V B O G R A D A A R E A O
```

TAVAN	KLJUČEVE
METLA	KUHINJA
ZAVJESE	LAMPA
VRATA	BIBLIOTEKA
OGRADA	OGLEDALO
KAMIN	KROV
FLOOR	SOBA
NAMJEŠTAJ	TUŠ
GARAŽA	ZID
BAŠTA	PROZOR

29 - Physics

```
N Q A Q R U D M Č T T R E Q
H Z L P M D M R E S O V L I
S E U Y A Đ L O S O M G E C
M U M E S R H T T L O U K Z
I B R I S A X O I A L S T I
S B O C J U T M C T E T R C
K O F Đ O S E Đ A S K I O U
H N G Y Đ Y K A W E U N N B
Y X J A B Đ M I L Č L A Q R
Đ N V Z S R K P K U A H I Z
N U K L E A R N I E Z A A A
E W F G B R Z I N A L O W N
M A G N E T I Z A M H S F J
M E H A N I K A V Y G S L E
```

UBRZANJE
ATOM
HAOS
HEMIJSKI
GUSTINA
ELEKTRON
MOTOR
FORMULA
UČESTALOST

GAS
MAGNETIZAM
MASS
MEHANIKA
MOLEKULA
NUKLEARNI
ČESTICA
BRZINA

30 - Colors

```
F N P Y E X F J I A L E B R
B U O L S I V A B Z I N Z O
R I K Y A E Y L E U C P H Z
O N N S X V R H Ž R R U E E
W D A R I L A R P E N C P S
N I R T U J L G H H A O U Y
Y G A J V K A C R V E N R H
C O N W M O G D D N M E P G
W T D W A C Đ Z E Q Q L U A
P U Ž C G Z U Y A Đ L E R E
E Ž A U E A A D Z A I Z N L
Z K S F N A Y C C N K N O O
W D T F T E L O I V S S Y Đ
R C O O A O V Q O F V O H U
```

AZURE	MAGENTA
BEŽ	NARANDŽASTO
CRNA	ROZE
PLAVA	PURPURNO
BROWN	CRVEN
CYAN	SEPIA
FUKSIJA	VIOLET
ZELENO	BELA
SIVA	ŽUTO
INDIGO	

31 - Shapes

```
T U P L O Q Y L P N T H L C
A G H I N L A V O A K C O K
R A N A R T S N G R Q Z T T
D O Z T R A U O O C L U R N
A U C A B S M G E N U C O W
V M Z G V J Y I I A E V U F
K R I V I N A L D V E G G R
C K E W I S X O A E I P A A
A G H N D M U P C M P C O D
I M E L I P S A Q C U Q E N
E S P U L G C P X D E K Q I
H I P E R B O L A J I N I L
Q R T E M Đ K R U G D H O I
Z P M Đ W X F L P F Y P P C
```

ARC   HIPERBOLA
KRUG   LINIJA
CONE   OVALNI
UGAO   POLIGON
KOCKA   PRISM
KRIVINA   PIRAMIDE
CILINDAR   STRANA
IVICE   KVADRAT
ELIPSA   TROUGAO

32 - Scientific Disciplines

```
K  Đ  X  J  Z  A  K  I  N  A  T  O  B  T
A  I  C  S  F  K  H  V  I  N  N  X  K  V
J  O  N  A  J  I  G  O  L  O  E  H  R  A
I  Z  X  E  W  T  N  B  S  M  A  Y  G  W
M  V  J  A  Z  S  J  R  L  P  J  D  E  A
O  E  G  A  J  I  M  E  H  E  I  L  O  N
N  X  H  D  B  V  O  J  R  O  G  T  L  A
O  M  P  A  G  G  A  L  Q  Q  O  O  O  T
R  S  I  E  N  N  K  P  O  F  L  I  G  O
T  U  O  U  Y  I  U  P  C  G  O  G  I  M
S  Y  E  M  G  L  K  U  S  H  I  P  J  I
A  R  C  M  V  Q  Z  A  N  I  B  J  A  J
M  I  N  E  R  A  L  O  G  I  J  A  A  A
T  E  R  M  O  D  I  N  A  M  I  K  A  J
```

ANATOMIJA   GEOLOGIJA
ARHEOLOGIJA   KINEZIOLOGIJA
ASTRONOMIJA   LINGVISTIKA
BIOLOGIJA   MEHANIKA
BOTANIKA   MINERALOGIJA
HEMIJA   TERMODINAMIKA

33 - Science

```
L A B O R A T O R I J A H G
A F F I Z I K A E R X L A N
D T J L G K X L V K L N E F
O M O G R Đ L Č E S T I C E
R E X M A E C I L Q I M P H
I H C A V K V L M V Đ E O E
R I R Z I J N O I A M T D M
P P N I T L A V L B L O A I
Y O F N A I U H A U C D C J
E T O A C B Č G R Đ C A I S
W E S G I Y N N E V K I C K
E Z I R J L I Y N E D Y J I
I A L O A H K U I W X R O A
M O L E K U L E M F O G L O
```

ATOM	METODA
HEMIJSKI	MINERALI
KLIMA	MOLEKULE
PODACI	PRIRODA
EVOLUCIJA	ORGANIZAM
FOSIL	ČESTICE
GRAVITACIJA	FIZIKA
HIPOTEZA	BILJKE
LABORATORIJA	NAUČNIK

34 - Beauty

```
G O S T I L I S T T B N K H
R N E Č R V O K V N K P G Z
A Č R L E L E G A N T A N Q
C I U A E F J R F D U L J A
E N Ž U G G U Đ Y Š K T B K
O E U T U M A M V A O J S O
E G W Y L F K N B R Ž A M Z
B O J A S T N O C M A M A M
D T C W U E I P G I L J K E
A O J N I I M L Q J J A T
O F Z G C T Š A K Y H A Z I
M A S K A R A Š N N N L E K
O G L E D A L O M I R I S A
P R O I Z V O D I N W D C F
```

ŠARM	MASKARA
BOJA	OGLEDALO
KOZMETIKA	ULJA
KOVRČE	FOTOGENIČNO
ELEGANCIJA	PROIZVODI
ELEGANTAN	MAKAZE
MIRIS	USLUGE
GRACE	ŠAMPON
RUŽ	KOŽA
ŠMINKA	STILIST

35 - Clothes

```
K  Đ  E  Q  B  Z  P  T  E  K  T  A  P  C
A  E  L  S  A  N  D  A  L  E  W  N  Q  I
K  C  C  R  Z  M  O  Z  Š  E  Š  I  R  P
Y  I  B  E  U  K  A  P  U  T  I  J  E  E
Q  V  K  P  L  A  Š  M  M  T  A  L  S  L
J  A  I  M  B  J  B  X  O  E  K  A  V  A
A  K  S  E  L  Q  A  Z  M  D  K  H  D  A
K  U  X  Ž  H  J  J  B  G  J  A  N  N  M
N  R  Z  D  H  P  N  K  O  Š  U  L  J  A
A  N  A  K  I  T  K  N  J  H  V  G  L  Ž
E  A  C  I  V  K  U  R  A  N  L  E  X  D
S  R  K  X  Đ  I  S  U  V  H  Q  A  W  I
F  A  R  M  E  R  K  E  E  H  S  Z  Č  P
L  I  V  Đ  R  U  T  Y  H  P  N  H  K  E
```

KECELJA	FARMERKE
KAIŠ	NAKIT
BLUZA	PIDŽAMA
NARUKVICA	HLAČE
KAPUT	SANDALE
HALJINA	ŠAL
MODA	KOŠULJA
RUKAVICE	CIPELA
ŠEŠIR	SUKNJA
JAKNA	DŽEMPER

36 - Insects

```
K H P R G Q L U T A B T B B
L T E W B V F A E I D I J U
N E J L Š R T S R A Z H U B
M R P F B C G Đ M C T N O A
P O D T D C B Z I W A S P Š
Č D L W I A U U T X F T X V
E O H J H R L T B N N D A A
L J J S P A A Đ G A H U B B
A H Y G A M D L O C U S T A
X B Y T V O Y M A N T I S J
U M E Đ R K B C I C A D A N
I K Q N A E U H J P T S Q B
A N T V L Z G Y G Z P C S G
Q U T Y S K A K A V A C K T
```

ANT	LADYBUG
APHID	LARVA
PČELA	LOCUST
BUBA	MANTIS
LEPTIR	KOMARAC
CICADA	MOLJ
BUBAŠVABA	TERMIT
BUHA	WASP
SKAKAVAC	CRV
STRŠLJEN	

37 - Astronomy

```
J M C Z R A Č E N J E B R V
O Đ E E Q U I N O X T S A Q
O P S E R V A T O R I J K S
T Q E I C Đ L B U X L L E A
M E J P K I U H X S E Đ T Z
Z E M S L D B R G P T Z A V
C E T L W A E H P N A Đ J I
O U M E M O N O R T S A I J
S A J L O O Y E N E B O S E
M Đ X D J R D P T T Q S K Ž
O B N O A A S F Z A A U A Đ
S Y L E K L I P S A Z U L E
A S T R O N A U T G G J A M
S U P E R N O V A K B R G H
```

ASTRONAUT
ASTRONOM
SAZVIJEŽĐE
COSMOS
ZEMLJA
EKLIPSA
EQUINOX
GALAKSIJA
METEOR

MJESEC
NEBULA
OPSERVATORIJ
PLANETA
ZRAČENJE
RAKETA
SATELIT
NEBO
SUPERNOVA

38 - Health and Wellness #2

```
K  V  R  K  A  A  N  I  Ž  E  T  H  T  S
L  A  J  I  G  R  E  L  A  N  E  I  M  P
M  R  L  T  A  B  Z  P  J  E  G  G  W  D
F  D  T  O  U  I  R  D  I  R  T  I  M  D
G  Z  T  C  R  Y  B  H  M  G  I  J  K  E
W  R  A  Y  Đ  I  F  T  O  I  N  E  O  H
C  T  H  P  J  I  J  E  T  J  F  N  P  I
V  I  T  A  M  I  N  A  A  A  E  A  O  D
H  T  S  E  R  T  S  U  N  Ž  K  C  R  R
Q  E  E  W  R  Y  B  O  A  A  C  I  A  A
B  P  L  D  I  J  E  T  A  S  I  N  V  C
B  A  O  I  S  H  R  A  N  A  J  L  A  I
K  M  B  A  X  Đ  P  Z  Z  M  A  O  K  J
G  E  N  E  T  I  K  A  D  M  Q  B  D  A
```

ALERGIJA	ZDRAV
ANATOMIJA	BOLNICA
APETIT	HIGIJENA
KRV	INFEKCIJA
KALORIJA	MASAŽA
DEHIDRACIJA	ISHRANA
DIJETA	OPORAVAK
BOLEST	STRES
ENERGIJA	VITAMIN
GENETIKA	TEŽINA

39 - Time

```
P A Y V S U B G C K A Đ X K
M O Y T A S D O Đ V J K B A
H R D Z D K G D T S I D Q L
M T U N A O M I N M N U U E
O U G O E R G N M Z E K C N
X J B B J O R A F H C E I D
F A T U N I M C E S E J M A
L Z Y E D D N N E J D I D R
C J T Q L U K B Č N Z R E O
D A N A S G Ć D U O T P S D
F U I N O Ć G N J F A U G V
K O I J N Š I D O G J Z R A
D A N J A C H Y E S I E C Y
C W Z M R Q Q R K N T H X L
```

GODIŠNJI	MJESEC
PRIJE	JUTRO
KALENDAR	NOĆ
CENTURY	PODNE
DAN	SADA
DECENIJA	USKORO
RANO	DANAS
BUDUĆNOST	SEDMICU
SAT	GODINA
MINUTA	JUČE

40 - Buildings

```
S  Z  P  O  D  K  Đ  M  E  Q  M  T  D  O
T  B  O  J  V  W  Z  N  A  S  O  A  H  P
A  X  Z  P  O  K  S  O  I  B  A  J  O  S
D  N  O  R  R  Z  Z  A  W  K  Q  I  S  E
I  H  R  O  A  K  I  R  B  A  F  R  T  R
O  W  I  A  C  I  N  L  O  B  P  O  E  V
N  Đ  Š  L  D  D  A  A  N  I  C  T  L  A
X  D  T  O  F  U  T  M  F  N  R  A  B  T
Y  Y  E  K  B  F  S  B  U  A  O  R  Q  O
H  V  F  Š  C  J  N  A  R  O  T  O  P  R
B  O  L  K  Z  I  D  S  L  Đ  A  B  E  I
Z  N  T  T  S  P  U  A  D  T  Š  A  M  J
J  K  L  E  B  S  P  D  M  Z  X  L  C  P
Y  C  T  E  L  E  J  E  Z  U  M  C  R  F
```

STAN	HOTEL
BARN	LABORATORIJA
KABINA	MUZEJ
DVORAC	OPSERVATORIJ
BIOSKOP	ŠKOLA
AMBASADE	STADION
FABRIKA	ŠATOR
BOLNICA	POZORIŠTE
HOSTEL	TORANJ

41 - Philanthropy

```
I  S  K  R  E  N  O  S  T  X  I  Č  C  Y
K  O  N  T  A  K  T  I  A  Y  Z  O  I  S
Z  A  J  E  D  N  I  C  A  T  A  V  L  I
C  O  P  R  O  G  R  A  M  I  Z  J  J  A
G  L  O  B  A  L  N  O  R  R  O  E  E  G
L  S  R  D  A  Q  T  Đ  W  A  V  Č  V  R
B  J  R  F  O  U  L  M  Đ  H  I  N  I  U
K  T  U  E  Đ  N  G  R  N  C  Y  O  R  P
X  Y  J  D  D  J  I  V  K  X  S  S  K  E
H  K  A  T  I  S  H  R  S  T  H  T  B  J
K  D  V  C  T  Y  T  K  A  C  E  J  D  Z
V  A  N  Y  H  T  U  V  H  T  G  P  U  E
Z  G  O  W  K  X  L  L  A  J  I  S  I  M
V  E  L  I  K  O  D  U  Š  N  O  S  T  X
```

IZAZOVI
CHARITY
DJECA
ZAJEDNICA
KONTAKTI
DONIRATI
SREDSTVA
VELIKODUŠNOST
GLOBALNO

CILJEVI
GRUPE
ISKRENOST
ČOVJEČNOST
MISIJA
LJUDI
PROGRAMI
JAVNO

42 - Gardening

```
E  V  V  H  V  L  X  C  L  O  J  C  S  P
G  Đ  L  O  T  A  L  B  C  L  E  R  Z  D
Z  Y  J  A  Ć  Z  F  P  I  I  S  I  I  V
O  X  Q  Q  G  N  C  I  M  Š  T  J  K  X
T  E  K  U  B  A  J  K  K  Ć  I  E  Č  X
I  S  J  E  M  E  H  A  L  E  V  V  I  I
Č  B  L  O  S  S  O  M  K  K  O  N  Z
N  B  Đ  B  P  C  V  J  E  T  N  I  A  T
O  A  R  N  M  K  A  D  O  V  R  S  T  A
W  K  Z  B  S  X  Y  S  W  M  C  V  O  J
D  W  Z  B  V  O  R  V  O  P  U  R  B  L
K  O  N  T  E  J  N  E  R  W  G  I  A  M
L  I  S  T  S  O  P  M  O  K  A  V  L  E
K  L  I  M  A  S  E  Z  O  N  S  K  I  Z
```

BLOSSOM	LIŠĆE
BOTANIČKI	CRIJEVO
BUKET	LIST
KLIMA	VLAGA
KOMPOST	VOĆNJAK
KONTEJNER	SEZONSKI
BLATO	SJEME
JESTIVO	ZEMLJA
EGZOTIČNO	VRSTA
CVJETNI	VODA

43 - Herbalism

```
Č  D  G  I  L  V  S  N  Đ  R  E  O  M  S
K  E  N  G  S  Đ  O  P  B  T  P  N  B  O
B  O  Š  J  Z  L  O  S  U  K  U  C  K  S
Y  N  M  N  B  J  V  A  K  J  L  I  B  H
R  E  N  O  J  U  S  S  K  B  O  T  E  L
A  L  K  L  R  A  C  T  O  A  R  A  S  A
M  E  N  T  A  A  K  O  R  S  I  M  T  V
E  Z  A  U  T  Đ  Č  J  I  I  G  O  R  A
S  X  R  D  Š  F  G  A  S  L  A  R  A  N
O  O  F  J  A  R  N  K  N  E  N  A  G  D
R  M  A  Q  B  D  E  M  O  H  O  Q  O  A
Z  V  Š  P  B  I  F  P  D  X  W  T  N  Y
K  U  L  I  N  A  R  S  K  I  Y  T  E  R
C  V  I  J  E  T  M  A  R  J  O  R  A  M
```

AROMATICNO	SASTOJAK
BASILE	LAVANDA
KORISNO	MARJORAM
KULINARSKI	MENTA
KOMORAČ	ORIGANO
UKUS	PERŠUN
CVIJET	BILJKA
BAŠTA	ROSEMARY
ČEŠNJAK	ŠAFRAN
ZELENO	ESTRAGON

44 - Vehicles

```
S M A P E S E J Đ C T H G K
D P V V L L O C P C H R U A
T N L Z I Đ C K R S O E M R
L T L A H O J C B O A T E A
B V D E V J N X R U Y U U V
T T K A M I O N E Đ L K T A
K K T A K S I A H P J S X N
O E O W J F O K I R D B Q A
S J P O D M O R N I C A R U
R A K E T A T R A K T O R T
X R E T P O K I L E H R L O
M T X Y P E P J M O T O R B
B I C I K L T A Š E Y Z S U
H I T N A P O D Z E M N A S
```

AVION	SPLAV
HITNA	RAKETA
BICIKL	SKUTER
BOAT	ŠATL
AUTOBUS	PODMORNICA
AUTO	PODZEMNA
KARAVAN	TAKSI
TRAJEKT	GUME
HELIKOPTER	TRAKTOR
MOTOR	KAMION

45 - Flowers

```
S U N C O K R E T V I P V F
T U Y G N T A D T U N H J M
U S A J E D I H R O L B A A
L A I N E D R A G T W U S S
I V O T N H E H P R J K M L
P L A T E P M Z E A O E I A
H I B I S K U S O T R T N Č
A D N A V A L H N I G I E A
P O H B V G P P Y N O P Y K
R F A F F M R A L Č V V C A
X F C L O V E R I I A C C Đ
A A P O P P Y K L C N R T L
T D A J I L O N G A M Q R B
F C A L E N D U L A X Z L W
```

BUKET	JORGOVAN
CALENDULA	LILY
CLOVER	MAGNOLIJA
DAFFODIL	ORHIDEJA
TRATINČICA	PEONY
MASLAČAK	PETAL
GARDENIA	PLUMERIA
HIBISKUS	POPPY
JASMINE	SUNCOKRET
LAVANDA	TULIP

46 - Health and Wellness #1

```
R E F L E K S H W T V K M H
L Q L I J E K S U R I V D L
O I Đ M D U Q E A E S F E A
K G H R X K H J D T I R A K
I R O T K O D I E M N A M T
T H I N O O C R R A A K K I
U E O S Ž N D E V N D T L V
M O R R A K E T O P A U I N
V I G A M X N K P T L R N O
R X Š S P O C A U K G A I O
I F X I J I N B J Z Y W K C
M S G N Ć Y J I T S O K A L
S E E A K I V A N U I Q J C
O P U Š T A N J E Y I R U A
```

AKTIVNO	POVREDA
BAKTERIJE	LIJEK
KOSTI	MIŠIĆI
KLINIKA	APOTEKA
DOKTOR	REFLEKS
FRAKTURA	OPUŠTANJE
NAVIKA	KOŽA
VISINA	TERAPIJA
HORMONI	TRETMAN
GLAD	VIRUS

47 - Town

```
Z  U  C  H  O  S  E  M  U  K  A  G  C  S
B  N  V  M  Q  A  M  B  U  Y  O  Q  E  T
I  I  J  A  F  R  A  O  I  Z  Y  C  Y  A
D  V  E  Z  I  A  V  B  R  O  E  Đ  K  D
R  E  Ć  O  G  Ž  C  A  V  D  S  J  V  I
T  R  A  O  A  I  X  N  A  L  O  K  Š  O
R  Z  R  F  J  J  O  K  I  B  O  R  O  N
Ž  I  A  C  I  N  V  A  D  O  R  P  E  P
I  T  R  E  R  K  L  K  L  I  N  I  K  A
Š  E  A  K  E  L  D  T  E  P  T  C  Z  T
T  T  K  R  L  Z  P  V  T  G  X  R  L  M
E  E  E  I  A  K  E  T  O  P  A  Q  N  V
H  V  P  W  G  X  B  D  H  P  B  H  O  Z
S  U  P  E  R  M  A  R  K  E  T  C  O  I
```

AERODROM	TRŽIŠTE
PEKARA	MUZEJ
BANKA	APOTEKA
KNJIŽARA	ŠKOLA
BIOSKOP	STADION
KLINIKA	PRODAVNICA
CVJEĆAR	SUPERMARKET
GALERIJA	UNIVERZITET
HOTEL	ZOO

48 - Antarctica

```
R  D  D  F  E  Q  N  N  B  S  Đ  E  O  K
Y  Z  B  N  H  A  B  Q  D  E  L  K  C  O
T  O  P  O  G  R  A  F  I  J  A  S  I  N
G  M  I  N  E  R  A  L  I  N  R  P  S  T
D  L  R  C  V  P  D  O  U  A  U  E  T  I
S  W  E  U  O  Q  O  B  V  V  T  D  R  N
L  Đ  P  Č  C  N  V  L  F  U  A  I  A  E
W  G  D  Đ  E  P  F  A  G  Č  R  C  Ž  N
U  Y  K  C  O  R  D  C  K  O  E  I  I  T
N  A  U  Č  N  I  I  I  X  Y  P  J  V  P
G  E  O  G  R  A  F  I  J  A  M  A  A  T
M  I  G  R  A  C  I  J  A  B  E  T  Č  I
O  K  R  U  Ž  E  N  J  E  F  T  S  U  C
P  O  L  U  O  T  O  K  P  S  B  U  U  E
```

BAY
PTICE
OBLACI
OČUVANJE
KONTINENT
COVE
OKRUŽENJE
EKSPEDICIJA
GEOGRAFIJA
GLEČERI

LED
MIGRACIJA
MINERALI
POLUOTOK
ISTRAŽIVAČ
ROCKY
NAUČNI
TEMPERATURA
TOPOGRAFIJA
VODA

49 - Ballet

```
T  J  A  N  I  R  E  L  A  B  Y  S  W  Đ
A  H  R  P  I  Z  R  A  Ž  A  J  N  O  S
G  B  I  Đ  L  I  T  S  M  I  Š  I  Ć  I
V  R  M  N  E  A  N  X  R  T  T  L  Y  I
J  M  A  T  I  R  U  C  P  F  T  N  F  S
E  O  L  C  W  T  E  Z  O  L  B  W  O  A
Š  R  M  T  I  K  Č  I  N  T  E  J  M  U
T  K  U  E  R  O  T  I  Z  O  P  M  O  K
I  E  Z  H  R  Y  Z  N  H  W  C  H  V  U
N  S  I  N  Q  G  A  A  N  Z  B  L  D  Z
A  T  K  I  Z  O  Đ  L  N  S  O  L  O  D
Q  A  A  K  P  R  O  B  A  A  S  C  Y  X
Đ  R  G  A  T  V  P  L  E  S  A  Č  I  T
I  N  T  E  N  Z  I  T  E  T  S  E  G  F
```

APLAUZ	MIŠIĆI
UMJETNIČKI	MUZIKA
BALERINA	ORKESTAR
KOMPOZITOR	PROBA
PLESAČI	RITAM
IZRAŽAJNO	VJEŠTINA
GEST	SOLO
GRACIOZAN	STIL
INTENZITET	TEHNIKA

50 - Human Body

```
S F G O S P D F V O Đ L G K
S R E G N I F U J P T A R V
G E C I L L J S G N C K K X
U H O E I G I T S O K A O H
R G N O S U Đ A J L R T Ž V
Č U L I H J N G Đ Z X G A E
E E K E M A R O N E J L O K
L W P A Ž A J N I H C A R U
J Y Z C D A M O Z A K V R K
U B K M W Z N D E G Z A F W
S O G Y H E S J Y N E I G X
T V R J Đ D O T C J U W C T
W X Đ E E Đ J H U B D I F X
R Q S M B Q T I E K W H R J
```

GLEŽANJ	GLAVA
KRV	SRCE
KOSTI	ČELJUST
MOZAK	KOLJENO
CHIN	NOGA
UHO	USTA
LAKAT	VRAT
LICE	NOS
FINGER	RAME
RUKA	KOŽA

51 - Musical Instruments

```
A E O B O V I O L I N U S Đ
K K L S K N Đ F C H I J A X
Q J E U H N T Q Đ V Y N K P
H L Č H A R M O N I K A S N
N A E P B I Y T G N H B O K
I R R O M V F L U A H U F G
W A Q P I A T U A L F B O G
N D T C R L O G O N G B N J
N U J S A K G R J O B J P O
A R U B M A T C N B F G X N
M A N D O L I N A M I D X H
T R U B A G Y O B O J Q Q G
I X B F S T E N I R A L K J
G I T A R A Q Y Đ T U U Đ I
```

BANJO	MANDOLINA
FAGOT	MARIMBA
ČELO	OBOE
KLARINET	UDARALJKE
BUBANJ	KLAVIR
FLAUTA	SAKSOFON
GONG	TAMBURA
GITARA	TROMBON
HARMONIKA	TRUBA
HARP	VIOLINU

52 - Fruit

```
W  J  X  U  R  I  G  A  J  N  Š  E  R  T
L  I  E  K  C  I  R  K  V  N  X  R  R  D
A  N  A  N  A  S  O  U  Z  O  F  H  K  I
J  A  S  I  V  C  Ž  B  W  P  K  F  O  N
B  E  R  R  Y  R  Đ  A  N  A  N  A  B  J
N  P  M  P  Z  W  E  J  Z  G  P  G  D  A
E  K  A  A  O  K  R  U  Š  K  A  S  P  O
K  O  R  P  A  C  I  V  K  S  E  R  B  M
T  K  E  A  I  V  K  I  V  I  B  Y  C  A
A  O  L  Y  U  M  A  N  G  O  F  W  V  L
R  S  I  A  G  G  P  U  S  T  Y  I  D  I
I  W  C  I  C  Z  B  M  G  S  V  J  G  N
N  O  A  U  E  U  R  I  J  C  K  Đ  J  A
Z  F  M  E  R  P  Z  L  Q  F  H  K  Y  I
```

JABUKA   KIVI
MARELICA   LIMUN
AVOKADO   MANGO
BANANA   DINJA
BERRY   NEKTARIN
TREŠNJA   PAPAYA
KOKOS   BRESKVICA
FIG   KRUŠKA
GROŽĐE   ANANAS
GUAVA   MALINA

53 - Engineering

```
I  D  T  A  M  M  A  S  Q  D  K  O  E  I
Z  D  U  Z  G  E  G  U  L  O  P  P  N  H
R  I  D  B  I  V  R  S  V  L  R  F  E  G
A  M  N  L  I  J  K  E  Y  G  E  E  R  A
Č  E  Q  I  P  N  U  F  N  T  Q  Z  G  J
U  N  R  Q  O  E  A  R  Z  J  L  Z  I  N
N  Z  M  U  G  Q  G  L  M  H  E  Q  J  D
T  I  A  I  O  U  G  A  O  F  E  L  A  A
Đ  J  Š  D  N  D  U  S  F  S  J  E  C  R
Đ  E  I  Q  R  P  R  O  T  O  M  O  T  G
B  E  N  J  S  T  A  B  I  L  N  O  S  T
G  Q  A  D  I  A  M  E  T  E  R  S  M  G
D  I  J  A  G  R  A  M  U  H  V  H  I  M
D  I  S  T  R  I  B  U  C  I  J  A  J  J
```

UGAO	DISTRIBUCIJA
OSA	ENERGIJA
IZRAČUN	POLUGE
GRADNJA	LIQUID
DUBINA	MAŠINA
DIJAGRAM	MERENJE
DIAMETER	MOTOR
DIZEL	POGON
DIMENZIJE	STABILNOST

54 - Kitchen

```
Z  L  Z  Č  D  G  H  P  P  Y  N  P  S  J
A  H  P  A  N  A  R  H  E  A  P  B  T  B
M  X  I  J  N  J  I  H  Y  C  S  L  Q  J
R  E  Đ  N  U  S  Đ  T  H  Z  N  E  Q  I
Z  J  E  I  N  I  Č  A  Z  R  O  I  C  Q
I  C  A  K  N  V  Q  C  J  A  J  Y  C  F
V  Z  O  R  S  E  O  G  F  I  L  U  P  A
A  L  F  R  I  Ž  I  D  E  R  I  R  G  S
Č  W  X  H  E  O  C  Đ  K  H  T  E  E  A
F  O  R  K  S  N  V  U  I  O  Š  C  Y  L
A  B  O  I  D  M  V  V  Š  R  O  E  N  V
I  Š  O  L  J  E  L  D  A  L  R  P  Q  E
J  O  F  M  X  U  C  L  K  Y  C  T  Y  T
K  E  C  E  L  J  A  H  Z  G  C  Q  T  A
```

KECELJA	NOŽEVI
BOWL	LADLE
ŠOLJE	SALVETA
HRANA	PECNICA
FORKS	RECEPT
ZAMRZIVAČ	FRIŽIDER
ROŠTILJ	ZAČINI
JAR	SUNĐER
JUG	KAŠIKE
ČAJNIK	

55 - Government

```
A  I  E  H  Z  V  G  X  A  X  D  G  P  N
O  R  C  Q  I  S  U  K  F  V  W  I  R  E
G  N  Z  N  T  N  A  C  I  J  A  K  A  Z
O  V  R  C  J  H  X  D  V  S  F  S  V  A
V  A  J  I  T  A  R  K  O  M  E  D  A  V
O  T  Y  V  M  S  I  M  B  O  L  U  T  I
R  S  K  I  N  E  M  O  P  S  S  S  O  S
E  U  V  L  J  E  D  N  A  K  O  S  T  N
D  I  S  K  U  S  I  J  A  B  U  I  Z  O
D  R  Ž  A  V  L  J  A  N  S  T  V  O  S
V  O  Đ  A  C  S  O  E  H  O  R  H  P  T
P  O  L  I  T  I  K  A  I  M  K  P  F  S
N  G  S  U  K  J  U  N  E  J  N  A  T  S
P  R  A  V  D  A  D  O  B  O  L  S  Z  Y
```

DRŽAVLJANSTVO	VOĐA
CIVIL	SLOBODA
USTAV	SPOMENIK
DEMOKRATIJA	NACIJA
DISKUSIJA	MIRNO
JEDNAKOST	POLITIKA
NEZAVISNOST	PRAVA
SUDSKI	GOVOR
PRAVDA	STANJE
ZAKON	SIMBOL

56 - Art Supplies

```
O S L A L A F V A B M V S S
L H L N K J J N I P N W T T
I P O I F R E K V O L O O O
T D T L V R I P A P R K L L
S U E G P R J L I V Z R I E
A U J J I H O E R L L E C A
M B L P E X O O Y A O A A S
Q O U A B O P S R R G T D E
U J K S U W P M H E D I O L
T I V T R P H B R M C V V L
G C C E V B R I S A Č N H H
C E O L G T Č E T K E O R D
L X K S B O J E R X H S C T
W C C J E D S P B Đ Z T S B
```

AKRIL   LJEPILO
ČETKE   IDEJE
KAMERA   MASTILO
STOLICA   ULJE
GLINA   PAPIR
BOJE   PASTELS
BOJICE   OLOVKE
KREATIVNOST   STOL
EASEL   VODA
BRISAČ

57 - Science Fiction

```
F  M  F  A  N  T  A  S  T  I  Č  N  O  S
U  I  T  E  H  N  O  L  O  G  I  J  A  R
T  S  A  U  C  J  R  O  B  O  T  I  F  A
U  T  K  N  J  I  G  E  M  E  R  T  X  E
R  E  P  O  K  S  O  I  B  A  X  C  C  D
I  R  R  L  K  U  W  A  T  O  M  I  C  T
S  I  D  N  A  J  I  Z  O  L  P  S  K  E
T  O  A  G  J  N  S  V  I  J  E  T  H  N
I  Z  J  G  I  X  E  O  R  A  C  L  E  B
Č  N  I  P  P  B  R  T  P  O  Q  V  N  B
K  O  Z  A  O  Y  D  O  A  Đ  H  N  B  A
I  X  U  L  T  G  A  L  A  K  S  I  J  A
S  Z  L  I  U  D  I  S  T  O  P  I  J  A
K  I  I  M  A  G  I  N  A  R  N  O  H  A
```

ATOMIC	ILUZIJA
KNJIGE	IMAGINARNO
BIOSKOP	MISTERIOZNO
DISTOPIJA	ORACLE
EKSPLOZIJA	PLANETA
EXTREME	ROBOTI
FANTASTIČNO	TEHNOLOGIJA
PALI!	UTOPIJA
FUTURISTIČKI	SVIJET
GALAKSIJA	

58 - Geometry

```
R  J  K  J  Đ  C  Đ  D  M  U  L  Z  S  H
U  E  R  Z  T  I  Q  I  H  B  G  T  A  O
P  D  U  T  P  Y  D  M  M  M  R  A  G  R
O  N  G  B  E  J  N  E  E  E  K  O  O  I
V  A  K  I  G  O  L  N  N  D  R  A  J  Z
R  Č  I  O  T  K  T  Z  W  I  I  L  G  O
Š  I  V  A  N  I  S  I  V  J  V  R  Z  N
I  N  M  L  E  L  F  J  J  A  I  F  L  T
N  A  A  P  M  Đ  E  A  Y  N  N  G  P  A
A  U  S  V  G  R  G  L  V  D  A  K  C  L
M  P  S  Z  E  I  Z  R  A  Č  U  N  I  N
T  M  O  Z  S  J  A  J  I  R  O  E  T  O
S  I  M  E  T  R  I  J  A  Q  A  S  J  I
D  I  A  M  E  T  E  R  Đ  G  G  P  C  V
```

UGAO	LOGIKA
IZRAČUN	MASS
KRUG	MEDIJAN
KRIVINA	BROJ
DIAMETER	PARALELNO
DIMENZIJA	SEGMENT
JEDNAČINA	POVRŠINA
VISINA	SIMETRIJA
HORIZONTALNO	TEORIJA

59 - Creativity

```
M M O N V I T N E V N I S D
X A A D J J Y H W S O D E R
F J G S X N E J I Z I V N A
O I Q V X Đ J Š P Y K F Z M
W C W B Y I I V T M Č C A A
M A Š T A Z C G E I I M C T
S R W S K R O E T V N S I I
P I F O I A M J I V T A J C
O P H N L Z E V Z Y E Ć A N
N S E D S H G J N M J O L O
T N A I Y M J U E I M N R Q
A I K U M Đ B M T D U S Đ U
N Q J L T R C W N C I A X L
O B A F N K A S I T U J H E
```

UMJETNIČKI	UTISAK
JASNOĆA	INSPIRACIJA
DRAMATICNO	INTENZITET
EMOCIJE	INVENTIVNO
IZRAZ	SENZACIJA
FLUIDNOST	VJEŠTINA
IDEJE	SPONTANO
SLIKA	VIZIJE
MAŠTA	

60 - Airplanes

```
A  V  A  N  T  U  R  A  A  M  G  I  J  M
P  R  A  V  A  C  S  B  F  O  B  E  N  J
W  F  H  F  H  J  B  A  Y  T  J  X  J  B
S  E  J  N  A  T  E  L  S  O  O  K  A  S
G  R  L  V  N  W  Y  O  A  R  D  L  Z  I
I  O  M  K  I  L  S  N  R  P  E  M  I  N
S  P  R  Z  S  J  P  F  E  Q  S  U  D  P
T  U  I  I  I  T  O  Đ  F  P  C  E  T  P
O  T  R  P  V  G  S  V  S  X  E  Z  U  Y
R  N  R  J  D  O  A  N  O  G  N  R  O  Z
I  I  R  L  I  H  D  I  M  D  T  A  Z  M
J  K  J  N  K  J  A  H  T  X  I  K  X  V
A  J  N  D  A  R  G  X  A  R  A  K  T  K
P  R  O  P  E  L  E  R  I  Z  Z  C  F  I
```

AVANTURA
ZRAK
ATMOSFERA
BALON
GRADNJA
POSADA
DESCENT
DIZAJN
PRAVAC
MOTOR

GORIVO
VISINA
ISTORIJA
VODIK
SLETANJE
PUTNIK
PILOT
PROPELERI
NEBO

61 - Ocean

```
A C S E A W E E D K M Q J K
C P Đ M O L U J A O E F E I
I O Đ I Z A U A B R D C G T
N P Đ L Q W O X I A U O U U
T A U P Š S G U W L Z A L L
O U U B K F P D S Z A H J P
B X N U A G D X A L G E A R
O U C A M P R A J K U L A I
H I H B P H E E D I P X Đ B
S U N Đ E R T X B E V X F A
U T G T E R S Z Q E L J Y J
U U Z K Y A Y Q Z L N F D P
Y Đ E Y O K O S S J M U I C
K O R N J A Č A J B M C I N
```

ALGE	SO
KORAL	SEAWEED
RAK	AJKULA
DELFIN	ŠKAMP
JEGULJA	SUNĐER
RIBA	OLUJA
MEDUZA	PLIME
HOBOTNICA	TUNA
OYSTER	KORNJAČA
GREBEN	KIT

62 - Force and Gravity

```
A X N S E D V G A R O L K J
R Đ F M A Z I T E N G A M C
Đ P I Y T M V N T R E N J E
E A Z I I O R Đ A N I Z R B
I W I N B M I M S M U W K K
O O K L R E J L O M I D S S
M T A A O N E X P C L Č A V
E O K Z Q T M T Đ U D S K R
H S R R D U E T E Ž I N A I
A O D E I M P R I T I S A K
N B O V J Ć B Y Y R I K I W
I I R I X U E J N A T E R K
K N I N P R O Š I R E N J E
A E L U C E N T A R H W X O
```

OSA
CENTAR
OTKRIĆE
DINAMIČKI
PROŠIRENJE
TRENJE
UDAR
MAGNETIZAM
MEHANIKA
MOMENTUM

KRETANJE
ORBITA
FIZIKA
PRITISAK
OSOBINE
BRZINA
VRIJEME
UNIVERZALNI
TEŽINA

63 - Birds

```
K N L L J K W O E W Đ Đ F S
J O N P L K A K T A P M P P
Q K K Y T K I N D D D C P A
V W O O Y C E D A O W E A R
T Q I K Š K O O V R M T U R
R H P A K S U G N Y I F N O
H E R O N I V G N I P N J W
X V T H N A C U O T J P A E
T O K W W U R F R O A E G C
Q D U B A L T V E Q J L A L
T X K U K A V I C A E I P P
O Đ Q G Y Y W G M A W K A U
P V Y R X P P A V S J A P P
O R A O G N I M A L F N W Q
```

KANARINAC
KOKOŠ
VRANA
KUKAVICA
DOVE
PATKA
ORAO
JAJE
FLAMINGO
GUSKA

HERON
NOJ
PAPAGAJ
PAUN
PELIKAN
PINGVIN
SPARROW
RODA
LABUD
TOUCAN

64 - Nutrition

```
U  K  U  Q  L  V  A  R  D  Z  S  G  N  B
T  O  K  S  I  N  J  Đ  A  V  O  O  U  D
R  J  Z  U  V  I  I  I  P  I  S  R  T  V
Z  Z  D  K  I  M  C  I  E  I  T  A  R  V
A  W  R  U  K  A  A  N  T  Y  J  K  I  B
Č  K  A  D  V  T  T  I  I  M  D  Đ  E  G
I  A  V  K  A  I  N  E  T  Đ  O  Q  N  Z
N  L  L  Y  L  V  E  T  Č  R  Z  B  T  W
I  O  J  D  I  R  M  O  S  N  A  L  A  B
W  R  E  I  T  I  R  R  C  F  O  W  L  D
U  I  H  J  E  A  P  Đ  W  C  S  F  K
H  J  G  E  T  K  F  A  N  I  Ž  E  T  O
N  E  W  T  J  E  S  T  I  V  O  Q  B  I
U  E  N  A  V  A  B  O  R  P  V  G  S  C
```

APETIT	ZDRAV
BALANS	TEČNOSTI
GORAK	NUTRIENT
KALORIJE	PROTEINI
DIJETA	KVALITET
PROBAVA	SOS
JESTIVO	ZAČINI
FERMENTACIJA	TOKSIN
UKUS	VITAMIN
ZDRAVLJE	TEŽINA

65 - Hiking

```
P  L  A  N  I  N  A  G  V  X  Q  Q  V  N
P  R  I  P  R  E  M  A  Z  O  H  U  R  J
K  A  M  P  I  R  A  N  J  E  D  Z  F  Y
O  P  A  S  N  O  S  T  I  P  F  I  H  U
R  Ž  D  U  M  O  R  A  N  K  C  V  Č  X
Đ  Z  I  V  O  K  R  A  P  L  K  S  H  I
H  D  Č  V  V  O  D  A  O  I  A  P  A  M
L  V  I  X  O  V  C  F  U  M  K  R  N  D
H  V  Z  W  X  T  L  L  C  A  Š  I  B  I
R  O  M  Y  Đ  G  I  F  I  N  E  R  Y  V
C  Q  E  C  N  U  S  N  E  F  T  O  Q  L
S  A  M  I  T  T  E  I  J  Đ  F  D  H  J
Q  Đ  V  Y  M  D  E  J  N  E  M  A  K  I
O  R  I  J  E  N  T  A  C  I  J  A  D  F
```

ŽIVOTINJE	PRIRODA
ČIZME	ORIJENTACIJA
KAMPIRANJE	PARKOVI
CLIFF	PRIPREMA
KLIMA	KAMENJE
VODIČI	SAMIT
OPASNOSTI	SUNCE
TEŠKA	UMORAN
MAPA	VODA
PLANINA	DIVLJI

66 - Professions #1

```
L I E O R F A R G O T R A K
V I V B Đ R O D A S A B M A
R A N I R E T E V Z F F Y B
O D H V C A S A G O R T A V
L H B R Č A J O R K K O B R
A J G O L O E G E R V A Q Đ
Z L A T A R A K N A B L T S
P Q U K S U S J E N L O R E
V J P O M I R R R R Y V S S
C G B D B A N E T O D A H T
D A N C E R M A D M L C F R
P S I H O L O G J N P Q Đ O
M U Z I Č A R Y Y I I R D X
A S T R O N O M V U P K L L
```

AMBASADOR	LOVAC
ASTRONOM	ZLATAR
BANKAR	ADVOKAT
KARTOGRAF	MUZIČAR
TRENER	SESTRO.
DANCER	PIJANIST
DOKTOR	PSIHOLOG
UREDNIK	MORNAR
VATROGASAC	KROJAČ
GEOLOG	VETERINAR

67 - Barbecues

```
S  O  S  S  P  R  I  J  A  T  E  L  J  I
Đ  E  O  C  A  K  I  Z  U  M  Ć  L  L  P
V  K  M  E  R  L  O  J  S  S  R  H  O  V
W  E  Y  D  I  R  A  T  P  O  V  O  A  N
P  Ć  S  Z  D  Z  T  T  Y  I  O  M  L  N
V  O  K  O  K  O  Š  L  E  A  P  Y  E  O
P  V  R  O  C  V  P  Đ  H  Y  H  Z  T  Ž
D  W  O  O  Z  J  A  D  A  R  A  P  O  E
A  J  F  Q  D  L  T  C  H  Đ  H  K  I  V
L  E  E  R  G  I  S  L  I  U  M  C  R  I
G  Z  Ć  C  T  T  C  T  I  O  O  S  E  G
Đ  Q  U  K  A  Š  V  A  N  A  R  H  B  R
O  D  R  U  H  O  R  S  I  O  B  I  R  L
B  W  V  I  A  R  E  Č  E  V  V  W  L  L
```

KOKOŠ	VRUĆE
DJECA	GLAD
VEČERA	NOŽEVI
PORODICA	MUZIKA
HRANA	SALATE
FORKS	SO
PRIJATELJI	SOS
VOĆE	LETO
IGRE	PARADAJZ
ROŠTILJ	POVRĆE

68 - Chocolate

```
L  Y  E  M  U  S  U  K  U  P  Đ  S  G  R
T  T  E  T  I  L  A  V  K  Y  C  E  U  E
A  B  H  J  L  A  C  H  A  F  Y  G  K  C
K  O  K  O  S  T  C  L  I  W  J  Z  U  E
P  A  B  A  K  K  R  E  Ć  E  Š  O  S  P
Ž  C  R  N  E  I  F  M  J  M  M  T  N  T
U  D  A  O  Z  Š  Đ  A  P  V  I  I  O  S
D  I  Q  C  M  B  I  R  V  Q  K  Č  I  A
N  F  W  Q  A  A  U  A  P  O  I  N  N  S
J  L  O  B  F  O  T  K  K  A  R  O  G  T
A  P  E  S  L  A  T  K  O  N  I  I  Q  O
K  A  L  O  R  I  J  E  M  O  K  B  T  J
Đ  J  T  N  A  D  I  S  K  O  I  T  N  A
P  D  O  K  Đ  G  J  G  Y  D  K  M  F  K
```

ANTIOKSIDANT
AROMA
GORAK
CACAO
KALORIJE
SLATKIŠ
KARAMEL
KOKOS
ŽUDNJA
UKUSNO

EGZOTIČNO
FAVORIT
SASTOJAK
KIKIRIKI
KVALITET
RECEPT
ŠEĆER
SLATKO
UKUS

69 - Vegetables

```
Q  Z  S  L  U  K  U  R  U  Đ  L  U  W  U
B  R  H  P  A  T  L  I  D  Ž  A  N  F  Đ
L  B  A  V  I  J  L  G  B  B  E  Y  G  Z
K  A  L  D  G  I  N  G  E  R  R  C  D  Q
Đ  W  L  O  G  Đ  L  F  P  E  R  Š  U  N
A  K  O  Č  I  T  R  A  D  S  E  R  V  P
L  X  T  H  J  F  F  W  A  A  L  O  T  A
U  R  K  A  Š  A  R  G  T  L  E  T  I  R
K  R  A  S  T  A  V  A  C  A  C  K  K  A
O  X  J  Y  A  M  R  Z  K  T  E  V  V  D
R  V  N  O  N  R  R  M  Y  A  O  I  A  A
B  Z  Š  E  I  G  E  K  F  S  T  C  W  J
U  Đ  E  C  P  Q  E  P  V  V  N  A  W  Z
J  U  Č  C  Š  K  N  C  A  A  E  F  Đ  H
```

ARTIČOKA	LUK
BROKULA	PERŠUN
MRKVA	GRAŠAK
KARFIOL	TIKVA
CELER	ROTKVICA
KRASTAVAC	SALATA
PATLIDŽAN	SHALLOT
ČEŠNJAK	ŠPINAT
GINGER	PARADAJZ
GLJIVA	REPA

70 - The Media

```
K D L Z J C K K M S M B B O
P O I D A R Q I R T I X R B
A D M G Đ T C Q E A Š L F R
I N T U I B J K Ž V L O C A
P G Đ A N T S Z A O J K W Z
W E X G C I A S Y V E A Č O
O J P W U X K L P I N L A V
J N K E E V A A N Q J N S A
A A L K W Z U X C O E I O N
V D Y I P R Y P A I S O P J
N Z X L N E Q W E B J V I E
O I C S S E N I V O N A S M
Z T E J N A R I S N A N I F
I N T E L E K T U A L N O M
```

STAVOVI   ČASOPISI
KOMUNIKACIJA   MREŽA
DIGITALNO   NOVINE
IZDANJE   ONLINE
OBRAZOVANJE   MIŠLJENJE
FINANSIRANJE   SLIKE
INTELEKTUALNO   JAVNO
LOKALNI   RADIO

71 - Boats

```
E W E Q P W R A M I L P J Q
B T C G W S A W W O S W E H
D S E Z R O T O M V R Z D Z
Y U Q U A X H W Đ T E E R N
B U O Y N V A W V Y L F I W
O L O B R A J Q B X B T L J
O P C M O L K V K Đ N A I P
T S E Z M P Y X D A U O C Y
R L A D A S O P R T A U A J
A M N K A J A K K O U Ž E Y
J K E O E J E Z E R O X N Đ
E R E D R J U U F D Y V O N
K Z Y P U D I K Č I T U A N
T T N P M T A R D S M O F Đ
```

SIDRO
BUOY
KANU
POSADA
DOK
MOTOR
TRAJEKT
KAJAK
JEZERO
JARBOL

NAUTIČKI
OCEAN
SPLAV
RIJEKA
UŽE
JEDRILICA
MORNAR
MORE
PLIMA
JAHTA

72 - Activities and Leisure

```
K  F  N  B  X  Z  K  E  S  E  R  T  H  K
U  A  Q  Đ  E  Y  Đ  O  E  J  O  E  O  U
M  V  M  Z  Đ  J  A  B  Š  N  Y  N  B  P
J  S  O  P  F  W  Z  B  J  A  J  I  I  O
E  G  M  X  I  C  Z  B  C  V  R  S  J  V
T  G  O  L  F  R  K  E  O  I  S  K  I  I
N  U  Z  Đ  W  O  A  J  R  L  U  O  A  N
O  E  G  P  F  U  K  N  M  P  R  B  K  A
S  T  N  B  B  A  J  A  J  N  F  T  I  D
T  R  I  B  O  L  O  V  A  E  A  P  L  P
T  E  J  N  E  J  N  O  R  A  N  U  S  T
O  V  T  S  R  A  L  T  R  V  J  A  T  R
T  J  G  L  A  B  D  U  F  F  E  G  T  H
O  D  B  O  J  K  A  P  V  J  U  Y  A  V
```

UMJETNOST	HOBIJI
BEJZBOL	SLIKA
KOŠARKA	KUPOVINA
BOKS	FUDBAL
KAMPIRANJE	SURFANJE
RONJENJE	PLIVANJE
RIBOLOV	TENIS
VRTLARSTVO	PUTOVANJE
GOLF	ODBOJKA

73 - Driving

```
S  B  Đ  W  M  G  O  R  I  V  O  F  C  L
T  I  W  A  A  N  E  S  R  E  Ć  A  B  P
S  G  G  U  P  C  Q  N  O  I  M  A  K  N
O  O  Y  U  A  H  Q  X  K  R  O  T  O  M
N  O  K  G  R  T  U  N  E  L  T  S  Y  G
S  E  Đ  S  A  N  I  Z  R  B  O  E  I  V
A  F  I  Č  A  Z  O  V  A  G  C  C  A  K
P  G  I  Đ  X  O  M  S  X  A  I  M  U  O
O  J  I  A  U  Đ  B  Đ  T  S  K  N  T  Č
W  F  E  N  Đ  K  Y  R  L  H  L  E  O  N
P  Y  O  Š  C  N  A  Ž  A  R  A  G  T  I
X  Đ  J  F  A  E  G  V  W  Ć  M  S  L  C
W  U  W  A  B  K  I  F  U  C  A  H  F  E
O  I  L  I  C  E  N  C  A  C  G  J  S  I
```

NESREĆA	MOTOR
KOČNICE	MOTOCIKL
AUTO	PJEŠAK
OPASNOST	CESTA
VOZAČ	SIGURNOST
GORIVO	BRZINA
GARAŽA	SAOBRAĆAJ
GAS	KAMION
LICENCA	TUNEL
MAPA	

74 - Professions #2

```
V I H I R U R G G O L O I B
L R N S L I K A R Đ R I Q I
A F T Ž E Y Đ U J D O T U B
I O J L E T I Č U T T D F L
T Z T U A N O R T S A O O I
V O U D J R J X L I R K T O
K L P M P Đ C E Y V T T O T
J I E K I N Y Z R G S O G E
O F V Đ S T H B Y N U R R K
F A R M E R E M P I L A A A
N O V I N A R L D L I B F R
D E T E K T I V J G J U D A
Q Z L V T P I L O T O Z C L
Z O O L O G E W V Q P I G Q
```

ASTRONAUT	BIBLIOTEKAR
BIOLOG	LINGVIST
ZUBAR	SLIKAR
DETEKTIV	FILOZOF
INŽENJER	FOTOGRAF
FARMER	DOKTOR
VRTLAR	PILOT
ILUSTRATOR	HIRURG
IZUMITELJ	UČITELJ
NOVINAR	ZOOLOG

75 - Mythology

```
O  E  J  T  O  T  S  S  D  S  K  T  S  C
D  A  H  S  S  H  X  M  P  E  U  L  T  O
P  F  E  A  V  U  E  R  T  M  L  Đ  R  T
I  O  J  T  E  N  S  T  S  J  T  L  E  D
T  R  N  T  T  D  H  N  O  N  U  J  N  U
E  T  E  A  A  E  T  I  N  S  R  U  G  Č
H  S  R  W  Š  R  A  K  T  T  A  B  T  U
R  A  O  I  Z  A  J  S  R  V  L  O  H  D
A  T  V  N  J  L  N  I  M  A  E  M  R  O
Y  A  T  F  V  U  U  J  S  R  G  O  A  V
O  K  S  Y  O  N  M  N  E  A  E  R  T  I
J  U  N  A  K  U  E  F  B  N  N  A  N  Š
J  E  K  O  E  L  Y  B  A  J  D  Đ  I  T
L  A  B  I  R  I  N  T  O  E  A  Y  K  E
```

ARHETIP	LABIRINT
PONAŠANJE	LEGENDA
STVARANJE	MUNJA
STVORENJE	ČUDOVIŠTE
KULTURA	SMRTNIK
KATASTROFA	OSVETA
NEBO	STRENGTH
JUNAK	THUNDER
BESMRTNOST	TRIJUMFA
LJUBOMORA	RATNIK

76 - Hair Types

```
L  V  Đ  O  G  U  D  A  N  H  L  K  X  C
C  T  O  B  C  Đ  X  N  V  T  W  F  W  Q
C  Y  P  O  K  E  M  S  T  L  Y  A  U  R
W  P  P  J  D  C  K  O  V  R  Č  E  B  L
U  E  T  E  E  I  U  D  E  B  E  O  T  G
Y  V  M  N  D  N  Q  R  G  D  H  H  X  V
O  K  W  O  I  E  D  N  L  T  I  U  W  Z
E  L  K  K  A  T  C  I  D  Y  J  S  J  L
P  F  Z  T  R  E  G  D  B  T  N  I  U  B
S  I  V  A  B  L  Z  R  P  U  A  P  H  Đ
C  Y  J  R  R  P  D  M  L  Q  G  N  V  Z
R  R  W  K  O  Q  R  U  A  B  L  K  A  K
B  B  N  N  W  V  A  J  V  A  L  E  Ć  K
S  F  U  A  N  M  V  O  A  B  E  L  A  L
```

ĆELAV	SUHO
CRNA	SIVA
PLAVA	ZDRAV
BRAIDED	DUGO
PLETENICE	KRATKO
BROWN	MEKO
OBOJENO	DEBEO
KOVRČE	TANAK
CURLY	BELA

77 - Garden

```
G  N  N  L  Z  T  E  R  A  S  A  T  O  Q
A  P  U  L  K  E  G  W  V  R  C  R  H  Đ
R  K  G  T  C  T  M  R  G  Y  V  A  X  Q
A  X  N  H  J  R  H  L  R  E  I  V  G  V
Ž  U  F  E  K  A  R  A  J  L  J  N  G  O
A  D  N  O  P  M  T  I  M  A  E  J  J  Ć
T  R  A  V  A  P  B  A  L  M  T  A  E  N
R  N  T  E  Q  O  K  R  P  S  O  K  B  J
P  Y  Š  J  S  L  G  Đ  X  O  V  C  K  A
L  F  A  I  O  I  R  B  V  C  L  C  K  K
T  U  B  R  P  N  X  O  G  R  A  D  A  S
B  S  P  C  P  L  I  V  V  I  N  E  D  G
Đ  Đ  G  F  U  V  O  R  O  K  J  L  I  W
F  F  L  E  K  E  V  D  V  X  S  G  R  Đ
```

KLUPA

GRM

OGRADA

CVIJET

GARAŽA

BAŠTA

TRAVA

HAMMOCK

CRIJEVO

TRAVNJAK

VOĆNJAK

POND

RAKE

LOPATA

ZEMLJA

TERASA

TRAMPOLIN

DRVO

VINE

KOROV

78 - Diplomacy

```
C Y P D R L E J N E Š E J R
L V G Đ T H D C F B G T A Đ
D I P L O M A T S K I I M E
S U K O B W S E P I C K B M
U G O V O R A T O N O A A R
F X M N K U B I L T V J S E
U Đ Z W F Z M R I E L N A Z
P R A V D A A G T J A D D O
U K H U G G T E I V D A O L
U Đ G M Z G Z T K A A R R U
P Đ M C Q V K N A S B A N C
A J I S U K S I D R J S N I
Z A J E D N I C A Z Y L F J
R O K S G R A Đ A N I K L A
```

SAVJETNIK
AMBASADOR
GRAĐANI
ZAJEDNICA
SUKOB
SARADNJA
DIPLOMATSKI
DISKUSIJA
AMBASADE

ETIKA
VLADA
INTEGRITET
PRAVDA
POLITIKA
REZOLUCIJA
RJEŠENJE
UGOVOR

79 - Beach

```
Š  C  N  A  B  S  M  V  Q  I  M  O  K  K
S  K  X  O  H  L  U  D  E  B  N  E  I  O
A  I  O  F  A  M  A  N  U  G  A  L  Š  I
N  N  H  L  Z  B  D  A  C  G  E  Z  O  Z
D  Č  U  W  J  U  V  L  R  E  C  W  B  H
A  U  Q  B  I  K  F  S  K  J  O  Đ  R  P
L  R  D  V  D  D  E  I  T  D  A  W  A  I
E  T  E  X  P  L  A  V  A  Y  L  U  N  J
E  K  S  K  D  J  D  R  O  R  A  K  G  E
G  R  E  B  E  N  O  W  B  O  B  B  N  S
M  T  P  F  F  B  K  Đ  I  M  O  A  Q  A
Đ  N  A  M  W  A  Đ  F  R  D  O  N  Y  K
H  Z  X  C  Z  Đ  W  F  S  O  J  R  B  P
L  Y  U  P  K  A  C  I  L  I  R  D  E  J
```

PLAVA	JEDRILICA
BOAT	PIJESAK
OBALA	SANDALE
RAK	MORE
DOK	ŠKOLJKE
ISLAND	SUNCE
LAGUNA	RUČNIK
OCEAN	KIŠOBRAN
GREBEN	ODMOR

80 - Countries #1

```
M  Đ  M  Q  I  O  D  P  P  J  K  P  K  S
E  K  A  S  F  R  P  I  N  G  A  A  R  I
G  M  J  R  R  B  A  A  O  X  N  N  V  A
I  L  I  Z  A  R  B  K  R  I  A  A  I  M
P  K  N  K  J  S  Đ  S  V  S  D  M  Z  A
A  R  A  R  I  R  T  N  E  E  A  A  R  R
T  S  P  D  V  W  I  I  Š  N  J  W  A  O
X  Y  Š  X  T  D  E  F  K  E  I  I  E  K
N  J  E  M  A  Č  K  A  A  G  N  T  L  O
J  L  E  P  L  A  E  A  P  A  U  A  B  G
X  P  P  O  L  J  S  K  A  L  M  L  P  C
V  E  N  E  C  U  E  L  A  O  U  I  G  S
L  I  B  I  J  A  S  I  I  Y  R  J  U  Y
G  N  I  K  A  R  A  G  V  A  K  A  J  H
```

BRAZIL	MAROKO
KANADA	NIKARAGVA
EGIPAT	NORVEŠKA
FINSKA	PANAMA
NJEMAČKA	POLJSKA
IRAK	RUMUNIJA
IZRAEL	SENEGAL
ITALIJA	ŠPANIJA
LATVIJA	VENECUELA
LIBIJA	

81 - Adjectives #1

```
I  C  I  K  Č  I  N  T  E  J  M  U  A  D
D  G  S  T  E  Š  K  A  M  D  V  V  R  A
E  R  K  Z  N  C  I  C  T  G  H  R  O  R
N  K  R  O  P  S  C  S  V  I  N  I  M  K
T  A  E  F  N  K  H  K  T  W  B  J  A  M
I  O  N  Z  O  I  C  I  B  M  A  E  T  C
Č  N  H  Đ  N  N  A  Ć  E  R  S  D  I  U
N  S  L  E  V  O  Č  P  C  T  X  N  C  F
I  I  Z  C  I  J  Z  A  O  X  Y  O  N  T
B  R  B  Đ  D  N  A  J  L  I  B  Z  O  A
Đ  O  P  O  T  P  U  N  I  V  U  L  D  N
L  K  M  O  D  E  R  N  A  Q  I  H  Y  A
V  E  L  I  K  O  D  U  Š  A  N  R  S  K
E  G  Z  O  T  I  Č  N  O  G  M  K  P  D
```

POTPUNI	TEŠKA
AMBICIOZNO	KORISNO
AROMATICNO	ISKREN
UMJETNIČKI	IDENTIČNI
PRIVLAČNO	BITAN
DIVNO.	MODERNA
DARK	OZBILJAN
EGZOTIČNO	SPOR
VELIKODUŠAN	TANAK
SREĆAN	VRIJEDNO

82 - Rainforest

```
J  D  F  U  D  Ž  U  N  G  L  A  W  R  B
B  J  Y  Đ  T  P  R  I  R  O  D  A  A  O
T  I  Đ  I  N  O  T  H  O  T  U  A  Z  T
Đ  D  O  D  W  P  Č  S  R  P  R  W  N  A
I  N  S  E  K  T  I  I  C  A  L  B  O  N
R  L  Y  I  W  D  X  G  Š  Y  A  J  L  I
A  M  I  L  K  L  W  H  K  T  Q  T  I  Č
S  V  R  I  J  E  D  N  O  X  E  G  K  K
I  S  V  O  D  O  Z  E  M  C  I  J  O  I
S  Q  O  Z  A  J  E  D  N  I  C  A  S  H
H  J  Q  M  T  Y  H  O  X  Q  P  L  T  E
N  G  N  W  S  O  P  S  T  A  N  A  K  D
D  F  X  M  R  O  Č  U  V  A  N  J  E  N
I  E  R  Đ  V  Z  P  T  I  C  E  U  W  O
```

VODOZEMCI	DŽUNGLA
PTICE	SISARI
BOTANIČKI	MOSS
KLIMA	PRIRODA
OBLACI	OČUVANJE
ZAJEDNICA	UTOČIŠTE
RAZNOLIKOST	VRSTA
AUTOHTONI	OPSTANAK
INSEKTI	VRIJEDNO

83 - Technology

```
Q  Q  I  B  K  F  C  D  K  Y  Đ  Y  D  E
G  X  C  S  A  A  G  C  X  P  A  Z  I  K
X  D  A  Q  T  J  M  X  B  O  K  S  G  R
N  F  D  Đ  S  R  T  E  Y  N  I  O  I  A
C  S  O  K  L  G  A  O  R  O  T  F  T  N
N  U  P  A  J  S  K  Ž  V  A  S  T  A  G
K  R  O  K  F  O  N  T  I  A  I  V  L  P
S  I  G  U  R  N  O  S  T  V  T  E  N  K
K  V  O  R  V  R  A  N  U  Č  A  R  O  Y
U  B  L  O  I  T  E  N  R  E  T  N  I  I
R  C  B  P  X  K  K  N  V  P  S  O  J  H
S  H  P  R  E  G  L  E  D  N  I  K  A  E
O  N  L  A  U  T  R  I  V  Đ  J  N  F  T
R  F  A  J  L  C  T  M  P  G  L  K  J  P
```

BLOG	INTERNET
PREGLEDNIK	PORUKA
BAJTOVA	ISTRAŽIVANJE
KAMERA	EKRAN
RAČUNAR	SIGURNOST
KURSOR	SOFTVER
PODACI	STATISTIKA
DIGITALNO	VIRTUALNO
FAJL	VIRUS
FONT	

84 - Landscapes

```
S  A  N  T  A  L  E  D  A  R  P  V  R  U
R  K  Y  P  O  Z  L  Q  T  I  L  O  Q  M
P  F  W  K  E  V  E  J  N  J  A  D  Q  Đ
Q  F  U  A  C  U  D  L  I  E  Ž  O  M  H
D  B  V  W  B  L  E  V  S  K  A  P  O  I
U  P  R  G  D  K  N  A  L  A  R  A  Y  D
J  I  U  D  H  A  J  O  A  N  A  D  W  I
A  E  O  S  O  N  A  Q  N  I  V  B  B  J
N  G  Z  A  T  K  K  R  D  N  Č  X  D  G
I  K  K  E  C  I  S  I  S  A  O  M  O  E
Ć  X  D  A  R  D  N  U  T  L  M  O  C  J
E  O  X  V  H  O  V  J  E  P  D  R  E  Z
P  O  L  U  O  T  O  K  A  J  W  E  A  I
D  O  L  I  N  A  F  N  T  N  W  X  N  R
```

PLAŽA	OASIS
PEĆINA	OCEAN
PUSTINJA	POLUOTOK
GEJZIR	RIJEKA
LEDENJAK	MORE
BRDO	MOČVARA
SANTA LEDA	TUNDRA
ISLAND	DOLINA
JEZERO	VULKAN
PLANINA	VODOPAD

85 - Plants

```
Đ  K  Q  N  A  J  L  Š  R  B  Y  F  C  Y
E  U  I  H  M  U  B  I  Z  D  Y  F  D  T
X  M  B  A  U  P  A  Q  Š  U  I  M  G  R
G  O  M  R  Š  Q  Š  V  Y  Ć  M  O  R  A
Đ  A  E  G  I  K  T  O  O  R  E  S  M  V
F  L  O  R  A  V  A  L  B  N  T  S  U  A
K  O  N  L  B  P  O  K  T  C  S  H  D  C
A  Đ  R  K  T  A  V  G  B  E  R  R  Y  I
K  V  Đ  R  K  V  R  O  C  U  J  Đ  Z  T
T  X  X  J  F  B  D  Q  I  U  K  I  E  A
U  D  H  H  B  O  T  A  N  I  K  A  V  L
S  U  B  M  A  B  U  G  P  Y  L  J  B  C
V  E  G  E  T  A  C  I  J  A  I  H  Y  J
M  I  I  Z  K  J  E  B  U  T  J  T  P  K
```

BAMBUS	ŠUMA
GRAH	BAŠTA
BERRY	TRAVA
BOTANIKA	BRŠLJAN
GRM	MOSS
KAKTUS	LATICA
ĐUBRIVO	ROOT
FLORA	STEM
CVIJET	DRVO
LIŠĆE	VEGETACIJA

86 - Countries #2

```
N V Z I N R Y Đ O Z G N S Q
Y J N E A I U P U D O Q J D
T Đ E L P V G S O A L D A N
H M P U A M O E I A H N M W
J Y A V J Đ S G R J Đ Z A T
F R L Y X L Q I T I A H J E
S O M A L I J A I P J N K L
M E K S I K O J M O I A A I
U U K R A J I N A I N T K B
U G L I B A N O N T A S S E
I O A K Č R G X Q E B I N R
I D Z N A D U S V X L K A I
Đ A O F D B K E Z C A A D J
Q P W B W A J I R I S P Y A
```

ALBANIJA	MEKSIKO
DANSKA	NEPAL
ETIOPIJA	NIGERIJA
GRČKA	PAKISTAN
HAITI	RUSIJA
JAMAJKA	SOMALIJA
JAPAN	SUDAN
LAOS	SIRIJA
LIBANON	UGANDA
LIBERIJA	UKRAJINA

87 - Ecology

```
S  R  Z  R  Y  A  P  G  K  V  F  P  V  Z
U  A  R  O  L  F  L  K  C  E  A  R  O  Đ
S  Z  Š  D  E  L  A  Đ  Đ  G  U  I  L  T
T  N  D  U  V  Z  N  I  G  E  N  R  O  T
A  O  Q  R  S  A  I  Z  N  T  A  O  N  H
N  L  M  Z  L  L  N  L  J  A  T  D  T  Z
I  I  D  U  T  C  E  U  B  C  S  N  E  D
Š  K  A  N  A  T  S  P  O  I  R  O  R  R
T  O  P  R  I  R  O  D  A  J  V  Z  I  X
E  S  R  E  S  U  R  S  I  A  M  I  L  K
B  T  M  A  R  S  H  M  A  R  I  N  E  F
Z  A  J  E  D  N  I  C  E  K  J  L  I  B
P  A  F  J  V  O  D  R  Ž  I  V  O  G  V
Y  M  Đ  G  G  G  L  O  B  A  L  N  O  L
```

KLIMA	PLANINE
ZAJEDNICE	PRIRODNO
RAZNOLIKOST	PRIRODA
SUŠA	BILJKE
FAUNA	RESURSI
FLORA	VRSTA
GLOBALNO	OPSTANAK
STANIŠTE	ODRŽIVO
MARINE	VEGETACIJA
MARSH	VOLONTERI

88 - Adjectives #2

```
Z  X  Đ  I  V  R  U  Ć  E  G  G  A  E  O
Z  A  O  N  V  I  T  K  U  D  O  R  P  R
P  O  N  Č  I  T  N  E  T  U  A  H  T  R
Z  R  S  I  D  L  P  G  X  S  I  W  U  H
D  K  I  M  M  W  I  B  R  T  F  N  P  S
R  R  P  R  X  L  L  N  A  S  O  N  O  P
A  E  O  Z  O  Đ  J  P  O  S  P  A  N  N
V  A  Y  R  Đ  D  Z  I  F  L  P  R  A  A
G  T  L  W  B  B  N  E  V  U  Č  O  V  D
L  I  R  Q  R  C  K  O  Đ  O  Đ  V  N  A
A  V  E  L  E  G  A  N  T  A  N  O  O  R
D  A  K  P  U  K  J  A  Q  K  N  G  V  E
A  N  X  C  K  I  E  L  B  Đ  C  D  O  N
N  D  I  V  L  J  I  S  U  Q  D  O  J  B
```

AUTENTIČNO	ZANIMLJIVO
KREATIVAN	PRIRODNO
OPISNO	NOVO
SUHO	PRODUKTIVNO
ELEGANTAN	PONOSAN
ČUVEN	ODGOVORAN
NADAREN	SLANO
ZDRAV	POSPAN
VRUĆE	JAK
GLADAN	DIVLJI

89 - Psychology

```
C X A L K P L J E J E D I T
S E N Z A C I J A G H Y D E
S J E S J P K L S A O S K R
T N J P I R Č W I V Y V A A
V A C O C O I C L Č F M N P
A Š O Z P B N V S X N B A I
R A R N E L I E I I V O T J
N N P A C E L G M V V K S A
O O Q J R M K E L O F U A T
S P O A E Đ U E K N C S S M
T C P V P Y M Q N S D I B U
I S K U S T V A L C J Đ J J
B D J E T I N J E W E C Y E
W H N E S V J E S N O Đ Đ P
```

SASTANAK
PROCJENA
PONAŠANJE
DJETINJE
KLINIČKI
SPOZNAJA
SUKOB
SNOVI
EGO
EMOCIJE

ISKUSTVA
IDEJE
PERCEPCIJA
LIČNOST
PROBLEM
STVARNOST
SENZACIJA
TERAPIJA
MISLI
NESVJESNO

90 - Math

```
P Y V A M U S D L Q B P D E
E R J W A X G Q T T G O J X
S R A E R M U L D G W L F P
U A I V G A V H O X G I V O
J T V A O B U P I V J G A N
I E Y V L U Y Đ D F I O K E
D M D U E W G P Y F W N I N
A I U N L K O A G U O R T T
R R S W A T Q A O Z B L E A
W E W C R Č W O F N Đ J M R
J P H Z A M I B O Q I G T D
V C C Đ P V A N M U S K I A
D I A M E T E R A K I Q R V
P A R A L E L N O I Y N A K
```

UGLOVI   PERIMETAR
ARITMETIKA   POLIGON
OBIM   RADIJUS
DIAMETER   PRAVOUGAONIK
JEDNAČINA   KVADRAT
EXPONENT   SUMA
PARALELNO   TROUGAO
PARALELOGRAM

91 - Activities

```
V  N  C  I  T  L  R  I  B  O  L  O  V  V
R  X  Z  T  S  O  N  T  E  J  M  U  H  E
T  M  U  K  U  V  M  A  G  I  J  A  Z  L
L  Z  A  G  O  N  E  T  K  E  K  N  P  E
A  J  I  F  A  R  G  O  T  O  F  W  B  I
R  R  C  P  D  M  J  J  S  Q  E  V  P  S
S  E  N  Q  Q  B  H  S  O  N  T  N  E  U
T  Z  A  N  A  T  I  L  N  C  N  A  J  R
V  Y  C  F  Q  C  W  I  V  Y  S  E  N  E
O  A  F  J  U  B  A  K  I  M  A  R  E  K
Č  I  T  A  N  J  E  A  T  W  K  G  T  C
Š  I  V  A  N  J  E  U  K  D  X  I  E  A
E  J  N  A  R  I  P  M  A  K  G  T  L  W
O  P  U  Š  T  A  N  J  E  E  T  F  P  X
```

AKTIVNOST
UMJETNOST
KAMPIRANJE
KERAMIKA
ZANATI
RIBOLOV
IGRE
VRTLARSTVO
LOV

PLETENJE
LEISURE
MAGIJA
SLIKA
FOTOGRAFIJA
ZAGONETKE
ČITANJE
OPUŠTANJE
ŠIVANJE

92 - Business

```
X  U  D  W  S  F  G  C  J  X  J  A  E  U
D  P  Z  Q  A  C  I  N  V  A  D  O  R  P
V  A  L  U  T  A  P  R  U  Đ  F  L  Z  P
B  U  D  Ž  E  T  R  F  M  C  M  A  A  O
B  K  W  S  J  W  O  A  K  A  B  P  P  S
D  P  A  R  P  A  D  B  Q  V  :  O  O  L
K  K  U  R  U  W  A  R  R  O  V  P  S  O
B  A  F  L  I  Y  J  I  I  N  W  U  L  D
Đ  Q  Z  Z  A  J  A  K  Q  A  Q  S  E  A
K  O  S  T  G  G  E  A  G  I  Q  T  N  V
P  R  I  H  O  D  A  R  A  N  R  X  I  A
P  O  R  E  Z  I  P  N  A  P  O  D  U  C
M  E  N  A  D  Ž  E  R  J  T  B  S  D  P
E  K  O  N  O  M  I  J  A  E  A  J  Đ  Q
```

BUDŽET	FABRIKA
KARIJERA	PRIHOD
FIRMA:	ULAGANJE
KOST	MENADŽER
VALUTA	ROBA
POPUST	NOVAC
EKONOMIJA	PRODAJA
ZAPOSLENI	PRODAVNICA
POSLODAVAC	POREZI

93 - The Company

```
R M O K O U K V A L I T E T
E O F R N L L J K K I S F P
S G G E V Đ K A E H V F E R
U U T A I M T N G Q O H B O
R Ć Z T T A N C Q A D Q P F
S N M I A O J A F T N H G E
I O K V V C N A U V E J T S
R S G A O X U L F C R A E I
O T K N N P O S A O T B X O
D O V Z I O R P Đ B P D U N
L E R I Z I C I V Z O O S A
U T L N A P R E D A K L S L
K P M G P R I H O D Z A G N
A H U X U J E D I N I C E O
```

POSAO

KREATIVAN

ODLUKA

GLOBALNO

INOVATIVNO

ULAGANJE

MOGUĆNOST

PROIZVOD

PROFESIONALNO

NAPREDAK

KVALITET

UGLED

RESURSI

PRIHOD

RIZICI

TRENDOVI

JEDINICE

94 - Literature

```
R  R  D  G  K  A  Č  U  J  L  K  A  Z  B
O  I  I  E  J  N  E  Đ  Đ  R  O  P  G  I
M  M  J  U  K  A  M  E  T  O  Đ  B  R  O
A  A  A  T  N  L  S  N  U  T  W  D  Y  G
N  T  L  F  G  O  R  T  G  U  M  E  K  R
I  R  O  S  R  G  N  I  I  A  A  J  A  A
U  Đ  G  B  S  I  P  O  T  L  Đ  F  Q  F
Q  A  H  G  N  J  R  O  T  A  R  A  N  I
U  L  U  B  S  A  X  H  P  Đ  M  A  R  J
A  N  A  L  I  Z  A  T  O  D  G  E  N  A
J  P  O  E  T  I  K  A  E  G  A  B  S  E
N  R  F  D  L  Q  T  B  M  S  K  Đ  A  Đ
I  F  A  J  I  D  E  G  A  R  T  Y  A  T
M  E  T  A  F  O  R  A  J  I  C  K  I  F
```

ANALOGIJA	METAFORA
ANALIZA	NARATOR
ANEGDOTA	ROMAN
AUTOR	POEMA
BIOGRAFIJA	POETIKA
POREĐENJE	RIMA
ZAKLJUČAK	RITAM
OPIS	STIL
DIJALOG	TEMA
FIKCIJA	TRAGEDIJA

95 - Geography

```
P R F T P P E M U D T F I I
L Z I E C H Z E E R O M J J
A E O J Z I W R D A P A Z K
N M E I E N L I U N T G V Y
I L J V D K D D T I O L E I
N J I S V P A I I S C N A U
A A M A P A R J T I E C Đ S
S D Đ T R K G A A V A U F Y
J N H G Z Q Z N L C N J U G
E A O K O N T I N E N T O A
V L S I T D E W D S H S R N
E S Q A G G R S H G M B A J
R I A W T E R I T O R I J A
Z F W B R A R E F S I M E H
```

VISINA	PLANINA
ATLAS	SJEVER
GRAD	OCEAN
KONTINENT	REGION
ZEMLJA	RIJEKA
HEMISFERA	MORE
ISLAND	JUG
LATITUDE	TERITORIJA
MAPA	ZAPAD
MERIDIJAN	SVIJET

96 - Pets

```
Q  J  X  M  L  U  L  W  K  U  G  E  R  R
B  W  W  Y  L  O  P  O  R  Š  U  A  P  F
H  R  O  Đ  E  J  B  D  A  A  Š  B  B  D
N  R  A  H  I  A  D  A  V  P  T  I  U  M
S  P  Č  F  Z  F  Y  Č  A  E  E  R  M  A
N  A  Y  A  K  O  Z  A  L  H  R  S  K  Č
M  P  Đ  O  K  D  C  J  U  M  X  M  K  E
A  A  V  D  Š  T  E  N  E  Ž  D  N  A  K
Č  G  O  J  K  N  Z  R  Q  I  K  P  H  V
K  A  D  R  C  D  W  O  I  R  E  P  A  Y
A  J  A  X  U  H  F  K  W  V  P  R  D  S
V  E  T  E  R  I  N  A  R  H  R  A  N  A
I  Z  C  P  Q  B  F  C  C  Q  A  O  O  Z
Z  B  C  E  F  I  X  B  O  C  R  C  Q  B
```

MAČKA	MIŠ
KANDŽE	PAPAGAJ
KRAVA	ŠAPE
PAS	ŠTENE
RIBA	ZEC
HRANA	REP
KOZA	KORNJAČA
HRČAK	VETERINAR
MAČE	VODA
GUŠTER	

97 - Jazz

```
U  M  J  E  T  N  I  K  A  H  E  J  N  O
Q  L  X  X  M  N  H  B  V  A  U  T  E  R
I  M  P  R  O  V  I  Z  A  C  I  J  A  K
H  M  A  G  W  L  A  T  T  W  T  J  Q  E
K  G  U  T  J  R  L  E  S  V  I  U  M  S
A  W  M  Z  I  Y  B  H  A  V  R  A  D  T
S  T  I  L  I  R  U  N  S  T  O  B  O  A
A  A  N  T  K  K  M  I  T  Đ  V  B  Č  R
L  P  Z  F  S  U  A  K  N  U  A  M  U  L
G  L  T  M  O  T  L  A  H  N  F  P  V  Z
A  A  O  C  H  B  A  M  S  E  J  P  E  P
N  U  V  M  U  E  Đ  R  Y  J  X  T  N  W
O  Z  O  B  U  B  N  J  E  V  I  F  L  D
K  O  N  C  E  R  T  G  S  Đ  M  Q  N  H
```

ALBUM	MUZIKA
APLAUZ	NOVO
UMJETNIK	STAR
SASTAV	ORKESTAR
KONCERT	RITAM
BUBNJEVI	PJESMA
NAGLASAK	STIL
ČUVEN	DAR
FAVORITI	TEHNIKA
IMPROVIZACIJA	

98 - Nature

```
K  A  J  N  E  D  E  L  R  W  F  I  Q  S
P  Q  E  B  Z  V  X  S  J  T  T  K  J  E
L  Č  X  L  E  T  Š  I  T  E  V  S  X  R
I  Đ  E  P  K  U  M  C  Y  Y  P  P  K  E
Š  H  N  L  J  A  U  A  N  M  I  O  I  N
Ć  Đ  R  L  E  V  F  L  G  F  M  R  T  E
E  Q  L  S  J  I  Y  B  Š  Z  H  T  K  A
A  C  N  I  Đ  V  G  O  T  U  X  C  R  L
D  I  N  A  M  I  Č  K  I  O  M  C  A  G
A  B  Y  Q  E  R  O  Z  I  J  A  A  U  A
Ž  I  V  O  T  I  N  J  E  V  V  D  Y  M
C  W  L  I  T  I  C  E  R  I  J  E  K  A
P  L  A  N  I  N  E  D  I  V  L  J  I  P
O  K  T  T  A  E  M  I  R  N  O  D  Y  F
```

ŽIVOTINJE	ŠUMA
ARKTIK	LEDENJAK
LJEPOTA	PLANINE
PČELE	MIRNO
LITICE	RIJEKA
OBLACI	SVETIŠTE
DINAMIČKI	SERENE
EROZIJA	TROPSKI
MAGLA	DIVLJI
LIŠĆE	

99 - Vacation #2

```
P  L  K  N  R  E  Š  I  D  E  R  D  O
I  U  Đ  A  N  N  N  A  S  P  M  Š  G  Q
S  S  T  R  M  X  V  T  V  Đ  Z  O  V  Y
L  T  R  O  N  P  G  O  I  M  D  S  R  Q
A  R  O  T  V  C  I  R  S  A  U  A  P  E
N  A  P  S  N  A  U  R  A  P  T  P  L  R
D  N  S  E  Đ  N  N  P  A  A  Đ  G  A  U
H  I  N  R  V  A  W  J  K  N  J  E  N  S
R  W  A  U  F  R  Z  P  E  J  J  P  I  I
Y  A  R  C  F  T  T  A  K  S  I  E  N  E
Đ  A  T  I  T  S  M  H  O  T  E  L  E  L
V  H  F  O  Q  F  A  E  R  O  D  R  O  M
E  E  B  S  P  L  A  Ž  A  G  E  T  L  L
B  E  C  T  O  L  T  R  L  S  P  G  S  O
```

AERODROM	MAPA
PLAŽA	PLANINE
KAMPIRANJE	PASOŠ
ODREDIŠTE	RESTORAN
STRANI	MORE
STRANAC	TAKSI
HOTEL	ŠATOR
ISLAND	VOZ
PUTOVANJE	TRANSPORT
LEISURE	VISA

100 - Electricity

```
M  M  X  I  N  Č  I  R  T  K  E  L  E  X
C  D  A  E  Y  U  W  A  E  E  Y  M  K  Q
Q  H  B  G  D  X  Y  Č  L  S  K  O  Y  X
K  A  B  L  N  V  Z  I  E  R  E  C  I  Ž
K  A  P  B  R  E  F  R  F  A  O  T  O  Z
M  U  M  R  W  S  T  T  O  P  V  Đ  L  S
O  B  J  E  K  T  I  K  N  M  R  E  Ž  A
P  X  E  J  R  K  Y  E  L  A  S  E  R  C
P  L  O  B  F  P  V  L  U  L  J  A  H  I
S  M  J  L  T  J  O  E  V  K  Q  E  F  L
S  K  L  A  D  I  Š  T  E  T  N  Y  F  A
F  R  D  L  N  E  G  A  T  I  V  N  O  J
G  E  N  E  R  A  T  O  R  Q  D  K  P  I
T  E  L  E  V  I  Z  I  J  A  V  Q  A  S
```

SIJALICA   NEGATIVNO
KABL   MREŽA
ELEKTRIČNI   OBJEKTI
ELEKTRIČAR   SOCKET
OPREMA   SKLADIŠTE
GENERATOR   TELEFON
LAMPA   TELEVIZIJA
LASER   ŽICE
MAGNET

1 - Antiques

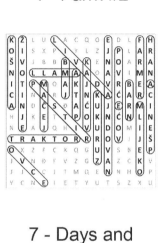

2 - Food #1

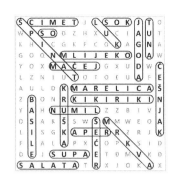

3 - Measurements

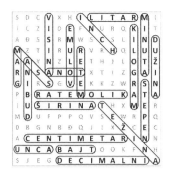

4 - Farm #2

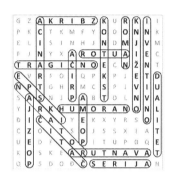

5 - Books

6 - Meditation

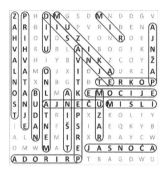

7 - Days and Months

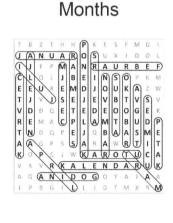

8 - Energy

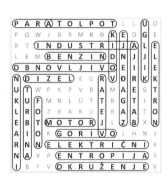

9 - Archeology

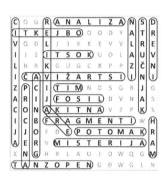

10 - Food #2

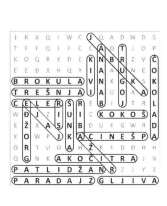

11 - Chemistry

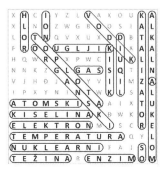

12 - Music

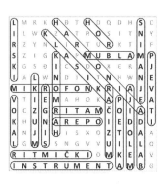

13 - Family

14 - Farm #1

15 - Camping

16 - Algebra

17 - Numbers

18 - Spices

19 - Universe

20 - Mammals

21 - Bees

22 - Photography

23 - Weather

24 - Adventure

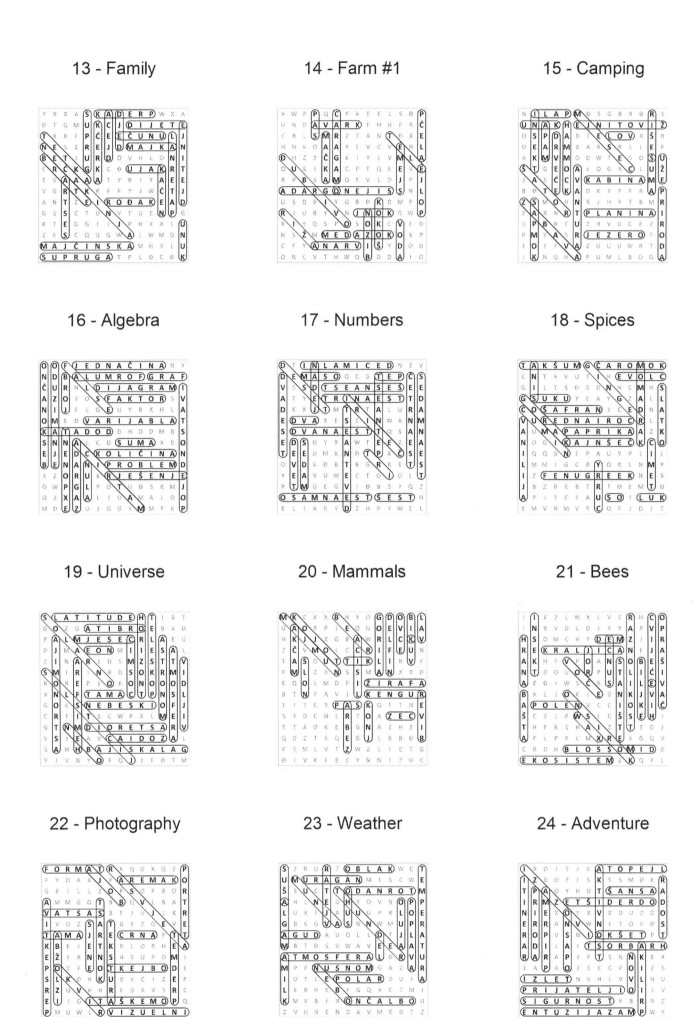

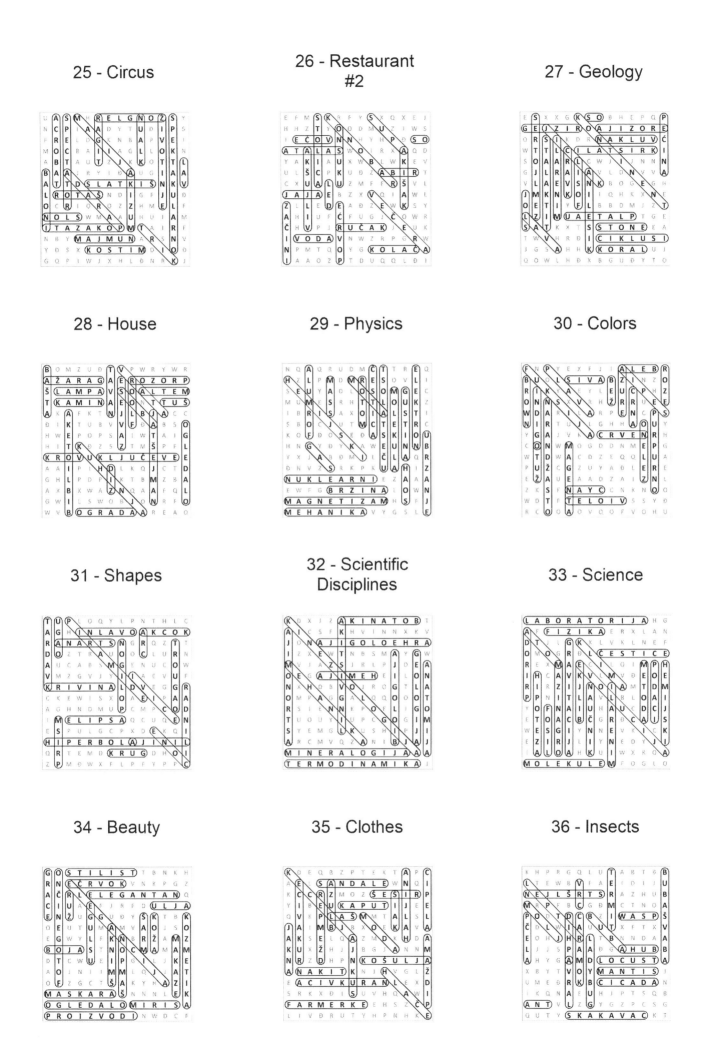

25 - Circus

26 - Restaurant #2

27 - Geology

28 - House

29 - Physics

30 - Colors

31 - Shapes

32 - Scientific Disciplines

33 - Science

34 - Beauty

35 - Clothes

36 - Insects

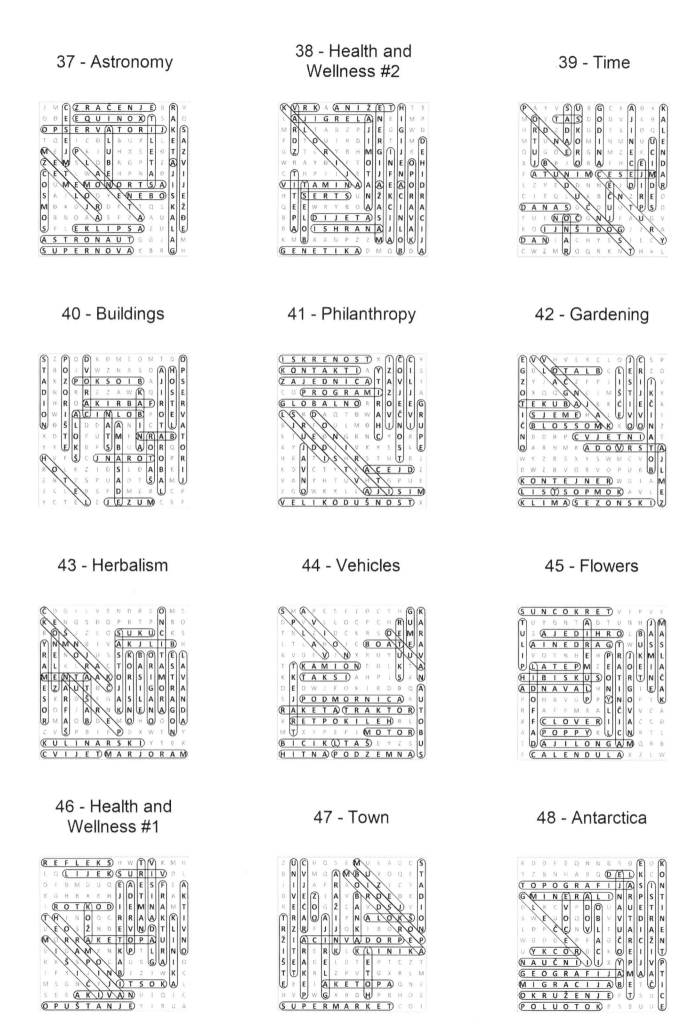

37 - Astronomy

38 - Health and Wellness #2

39 - Time

40 - Buildings

41 - Philanthropy

42 - Gardening

43 - Herbalism

44 - Vehicles

45 - Flowers

46 - Health and Wellness #1

47 - Town

48 - Antarctica

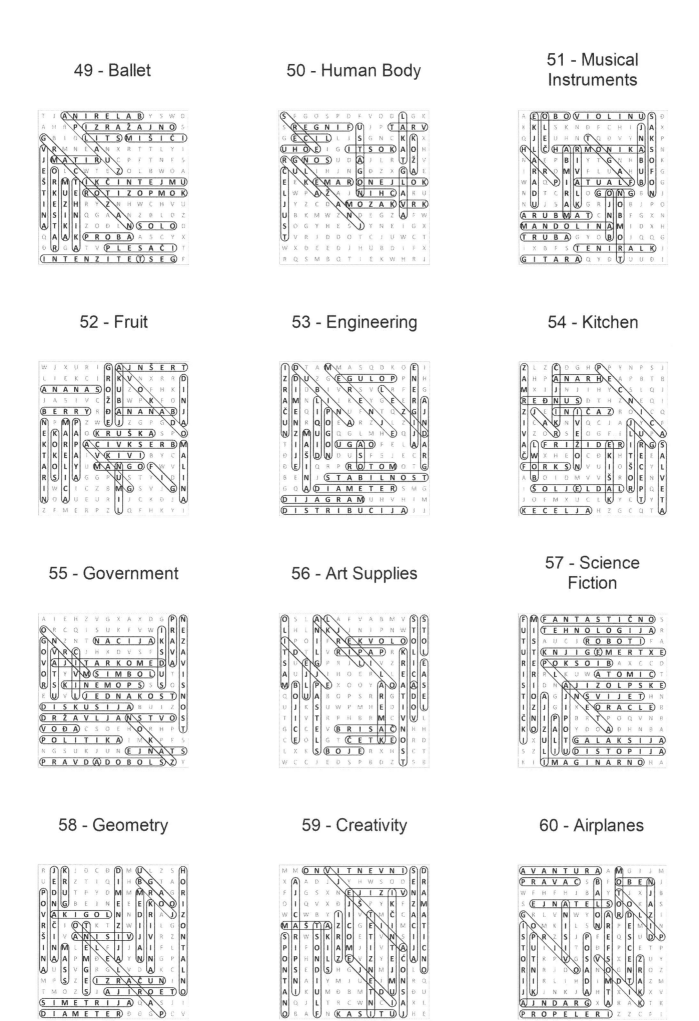

49 - Ballet

50 - Human Body

51 - Musical Instruments

52 - Fruit

53 - Engineering

54 - Kitchen

55 - Government

56 - Art Supplies

57 - Science Fiction

58 - Geometry

59 - Creativity

60 - Airplanes

61 - Ocean

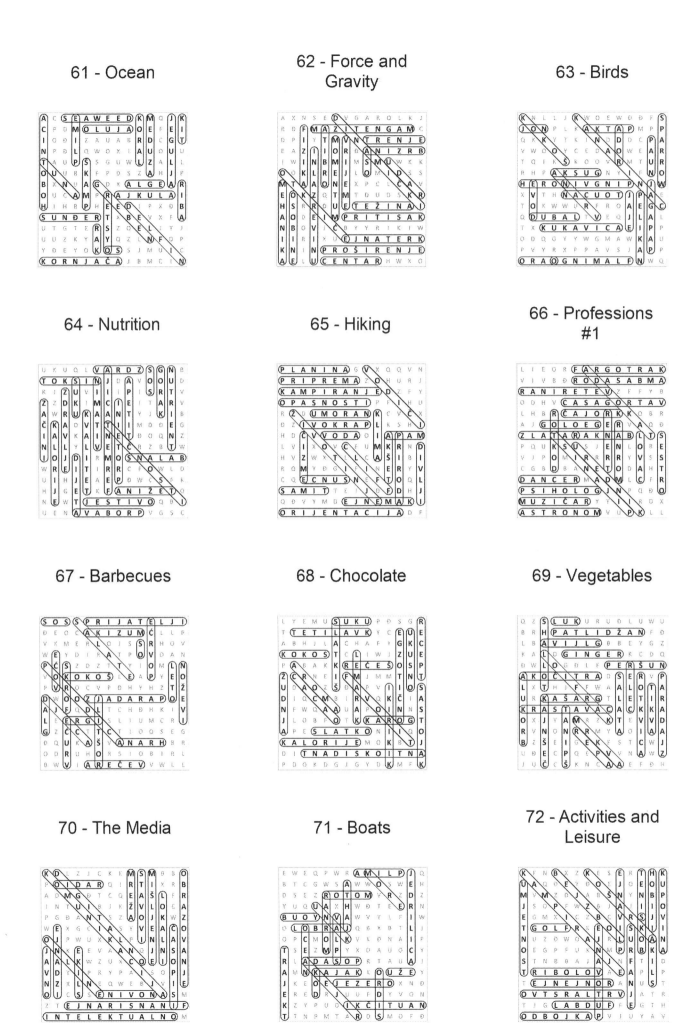

62 - Force and Gravity

63 - Birds

64 - Nutrition

65 - Hiking

66 - Professions #1

67 - Barbecues

68 - Chocolate

69 - Vegetables

70 - The Media

71 - Boats

72 - Activities and Leisure

73 - Driving

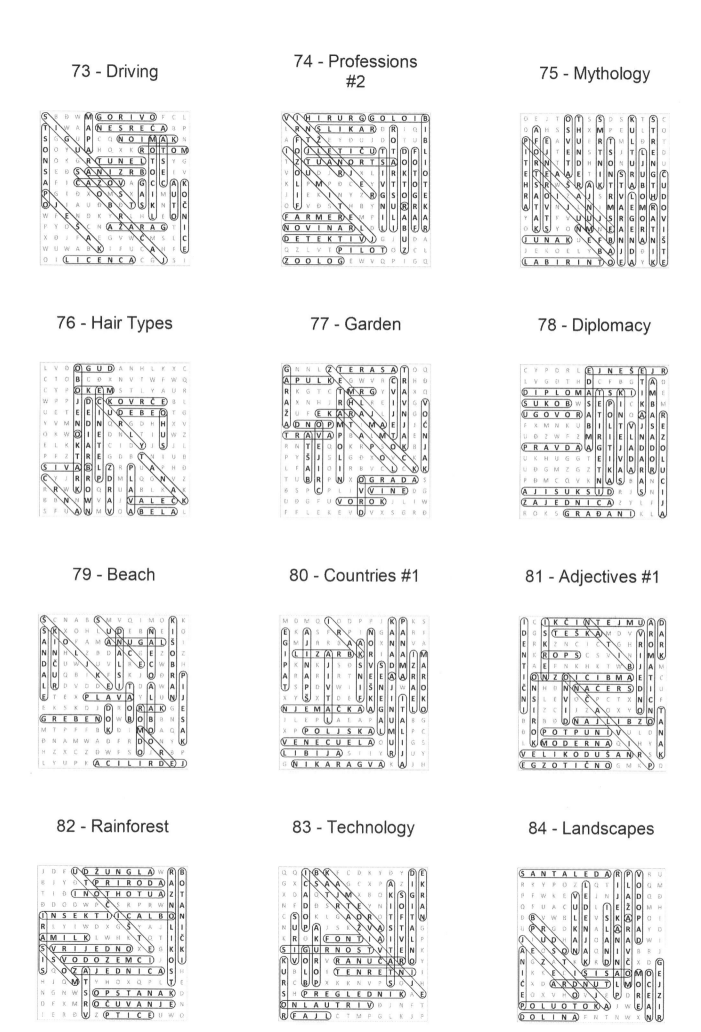

74 - Professions #2

75 - Mythology

76 - Hair Types

77 - Garden

78 - Diplomacy

79 - Beach

80 - Countries #1

81 - Adjectives #1

82 - Rainforest

83 - Technology

84 - Landscapes

85 - Plants

86 - Countries #2

87 - Ecology

88 - Adjectives #2

89 - Psychology

90 - Math

91 - Activities

92 - Business

93 - The Company

94 - Literature

95 - Geography

96 - Pets

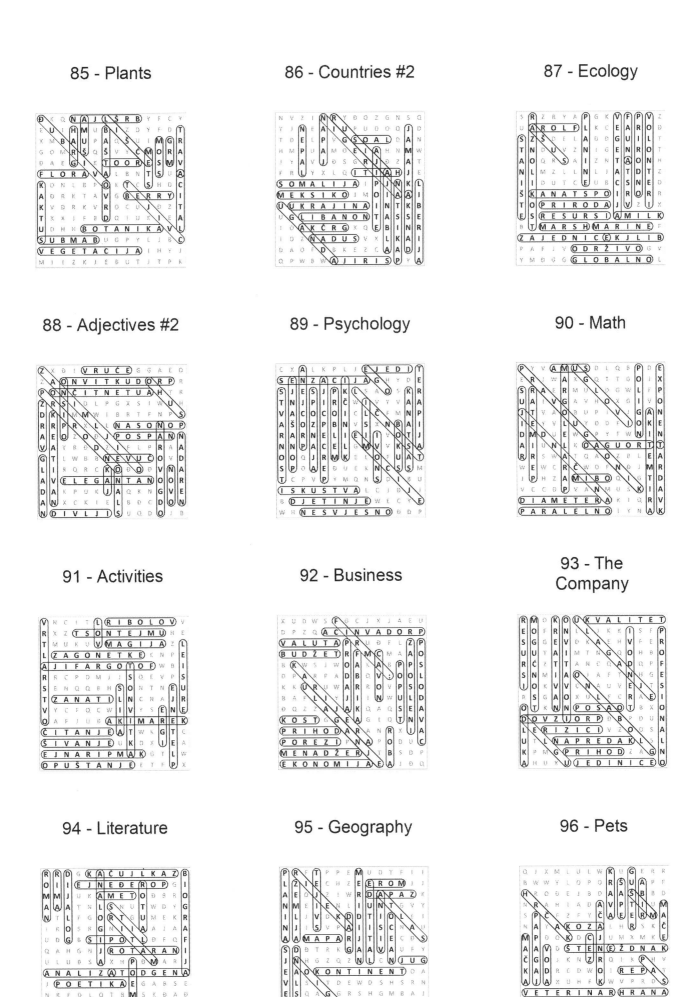

97 - Jazz

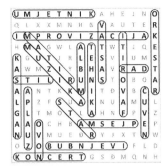

98 - Nature

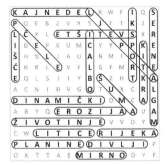

99 - Vacation #2

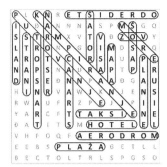

100 - Electricity

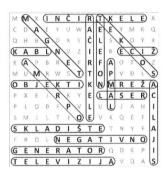

Dictionary

Activities
Aktivnosti

Activity	Aktivnost
Art	Umjetnost
Camping	Kampiranje
Ceramics	Keramika
Crafts	Zanati
Fishing	Ribolov
Games	Igre
Gardening	Vrtlarstvo
Hunting	Lov
Knitting	Pletenje
Leisure	Leisure
Magic	Magija
Painting	Slika
Photography	Fotografija
Pleasure	Zadovoljstvo
Puzzles	Zagonetke
Reading	Čitanje
Relaxation	Opuštanje
Sewing	Šivanje
Skill	Vještina

Activities and Leisure
Aktivnosti i Slobodno Vr

Art	Umjetnost
Baseball	Bejzbol
Basketball	Košarka
Boxing	Boks
Camping	Kampiranje
Diving	Ronjenje
Fishing	Ribolov
Gardening	Vrtlarstvo
Golf	Golf
Hobbies	Hobiji
Painting	Slika
Shopping	Kupovina
Soccer	Fudbal
Surfing	Surfanje
Swimming	Plivanje
Tennis	Tenis
Travel	Putovanje
Volleyball	Odbojka

Adjectives #1
Pridjevi #1

Absolute	Potpuni
Ambitious	Ambiciozno
Aromatic	Aromaticno
Artistic	Umjetnički
Attractive	Privlačno
Beautiful	Divno.
Dark	Dark
Exotic	Egzotično
Generous	Velikodušan
Happy	Srećan
Heavy	Teška
Helpful	Korisno
Honest	Iskren
Identical	Identični
Important	Bitan
Modern	Moderna
Serious	Ozbiljan
Slow	Spor
Thin	Tanak
Valuable	Vrijedno

Adjectives #2
Pridjevi #2

Authentic	Autentično
Creative	Kreativan
Descriptive	Opisno
Dry	Suho
Elegant	Elegantan
Famous	Čuven
Gifted	Nadaren
Healthy	Zdrav
Hot	Vruće
Hungry	Gladan
Interesting	Zanimljivo
Natural	Prirodno
New	Novo
Productive	Produktivno
Proud	Ponosan
Responsible	Odgovoran
Salty	Slano
Sleepy	Pospan
Strong	Jak
Wild	Divlji

Adventure
Avantura

Activity	Aktivnost
Beauty	Ljepota
Bravery	Hrabrost
Challenges	Izazovi
Chance	Šansa
Dangerous	Opasno
Destination	Odredište
Difficulty	Teško
Enthusiasm	Entuzijazam
Excursion	Izlet
Friends	Prijatelji
Itinerary	Itinerar
Joy	Radost
Nature	Priroda
Navigation	Navigacija
New	Novo
Opportunity	Prilika
Preparation	Priprema
Safety	Sigurnost
Unusual	Neobično

Airplanes
Avioni

Adventure	Avantura
Air	Zrak
Atmosphere	Atmosfera
Balloon	Balon
Construction	Gradnja
Crew	Posada
Descent	Descent
Design	Dizajn
Direction	Pravac
Engine	Motor
Fuel	Gorivo
Height	Visina
History	Istorija
Hydrogen	Vodik
Landing	Sletanje
Passenger	Putnik
Pilot	Pilot
Propellers	Propeleri
Sky	Nebo
Turbulence	Turbulencija

Algebra
Algebra

Addition	Dodatak
Diagram	Dijagram
Equation	Jednačina
Exponent	Exponent
Factor	Faktor
False	False
Formula	Formula
Graph	Graf
Infinite	Beskonačno
Matrix	Matrica
Number	Broj
Parenthesis	Zagrada
Problem	Problem
Quantity	Količina
Simplify	Pojednostavi
Solution	Rješenje
Subtraction	Oduzimanje
Sum	Suma
Variable	Varijabla
Zero	Nula

Antarctica
Antarktika

Bay	Bay
Birds	Ptice
Clouds	Oblaci
Conservation	Očuvanje
Continent	Kontinent
Cove	Cove
Environment	Okruženje
Expedition	Ekspedicija
Geography	Geografija
Glaciers	Glečeri
Ice	Led
Migration	Migracija
Minerals	Minerali
Peninsula	Poluotok
Researcher	Istraživač
Rocky	Rocky
Scientific	Naučni
Temperature	Temperatura
Topography	Topografija
Water	Voda

Antiques
Antikviteti

Art	Umjetnost
Auction	Aukcija
Authentic	Autentično
Century	Century
Coins	Kovanice
Decades	Decenije
Decorative	Ukrasno
Elegant	Elegantan
Furniture	Namještaj
Gallery	Galerija
Investment	Ulaganje
Jewelry	Nakit
Old	Star
Price	Cijena
Quality	Kvalitet
Restoration	Restauracija
Sculpture	Skulptura
Style	Stil
Unusual	Neobično
Value	Vrijednost

Archeology
Arheologija

Analysis	Analiza
Ancient	Drevni
Antiquity	Antika
Bones	Kosti
Civilization	Civilizacija
Descendant	Potomak
Era	Era
Evaluation	Procjena
Expert	Stručnjak
Findings	Nalazi
Fossil	Fosil
Fragments	Fragmenti
Mystery	Misterija
Objects	Objekti
Relic	Relikvija
Researcher	Istraživač
Team	Tim
Temple	Hram
Tomb	Grobnica
Unknown	Nepoznat

Art Supplies
Umjetnički Pribor

Acrylic	Akril
Brushes	Četke
Camera	Kamera
Chair	Stolica
Clay	Glina
Colors	Boje
Crayons	Bojice
Creativity	Kreativnost
Easel	Easel
Eraser	Brisač
Glue	Ljepilo
Ideas	Ideje
Ink	Mastilo
Oil	Ulje
Paper	Papir
Pastels	Pastels
Pencils	Olovke
Table	Stol
Water	Voda

Astronomy
Astronomija

Asteroid	Asteroid
Astronaut	Astronaut
Astronomer	Astronom
Constellation	Sazviježđe
Cosmos	Cosmos
Earth	Zemlja
Eclipse	Eklipsa
Equinox	Equinox
Galaxy	Galaksija
Meteor	Meteor
Moon	Mjesec
Nebula	Nebula
Observatory	Opservatorij
Planet	Planeta
Radiation	Zračenje
Rocket	Raketa
Satellite	Satelit
Sky	Nebo
Supernova	Supernova
Zodiac	Zodiac

Ballet
Balet
Applause	Aplauz
Artistic	Umjetnički
Ballerina	Balerina
Choreography	Koreografija
Composer	Kompozitor
Dancers	Plesači
Expressive	Izražajno
Gesture	Gest
Graceful	Graciozan
Intensity	Intenzitet
Muscles	Mišići
Music	Muzika
Orchestra	Orkestar
Rehearsal	Proba
Rhythm	Ritam
Skill	Vještina
Solo	Solo
Style	Stil
Technique	Tehnika

Barbecues
Roštilji
Chicken	Kokoš
Children	Djeca
Dinner	Večera
Family	Porodica
Food	Hrana
Forks	Forks
Friends	Prijatelji
Fruit	Voće
Games	Igre
Grill	Roštilj
Hot	Vruće
Hunger	Glad
Knives	Noževi
Music	Muzika
Salads	Salate
Salt	So
Sauce	Sos
Summer	Leto
Tomatoes	Paradajz
Vegetables	Povrće

Beach
Plaža
Blue	Plava
Boat	Boat
Coast	Obala
Crab	Rak
Dock	Dok
Island	Island
Lagoon	Laguna
Ocean	Ocean
Reef	Greben
Sailboat	Jedrilica
Sand	Pijesak
Sandals	Sandale
Sea	More
Shells	Školjke
Sun	Sunce
Towel	Ručnik
Umbrella	Kišobran
Vacation	Odmor

Beauty
Ljepota
Charm	Šarm
Color	Boja
Cosmetics	Kozmetika
Curls	Kovrče
Elegance	Elegancija
Elegant	Elegantan
Fragrance	Miris
Grace	Grace
Lipstick	Ruž
Makeup	Šminka
Mascara	Maskara
Mirror	Ogledalo
Oils	Ulja
Photogenic	Fotogenično
Products	Proizvodi
Scissors	Makaze
Services	Usluge
Shampoo	Šampon
Skin	Koža
Stylist	Stilist

Bees
Pčele
Beneficial	Korisno
Blossom	Blossom
Diversity	Raznolikost
Ecosystem	Ekosistem
Flowers	Cvijeće
Food	Hrana
Fruit	Voće
Garden	Bašta
Habitat	Stanište
Hive	Hive
Honey	Med
Insect	Insekt
Plants	Biljke
Pollen	Polen
Pollinator	Oprašivač
Queen	Kraljica
Smoke	Dim
Sun	Sunce
Swarm	Roj
Wax	Wax

Birds
Ptice
Canary	Kanarinac
Chicken	Kokoš
Crow	Vrana
Cuckoo	Kukavica
Dove	Dove
Duck	Patka
Eagle	Orao
Egg	Jaje
Flamingo	Flamingo
Goose	Guska
Heron	Heron
Ostrich	Noj
Parrot	Papagaj
Peacock	Paun
Pelican	Pelikan
Penguin	Pingvin
Sparrow	Sparrow
Stork	Roda
Swan	Labud
Toucan	Toucan

Boats
Brodovi

Anchor	Sidro
Buoy	Buoy
Canoe	Kanu
Crew	Posada
Dock	Dok
Engine	Motor
Ferry	Trajekt
Kayak	Kajak
Lake	Jezero
Mast	Jarbol
Nautical	Nautički
Ocean	Ocean
Raft	Splav
River	Rijeka
Rope	Uže
Sailboat	Jedrilica
Sailor	Mornar
Sea	More
Tide	Plima
Yacht	Jahta

Books
Knjige

Adventure	Avantura
Author	Autor
Collection	Zbirka
Context	Kontekst
Duality	Dualitet
Epic	Epski
Historical	Historijski
Humorous	Humoran
Inventive	Inventivno
Literary	Književno
Narrator	Narator
Novel	Roman
Page	Stranica
Poem	Poema
Poetry	Poezija
Reader	Čitač
Series	Serija
Story	Priča
Tragic	Tragično
Written	Napisano

Buildings
Zgrade

Apartment	Stan
Barn	Barn
Cabin	Kabina
Castle	Dvorac
Cinema	Bioskop
Embassy	Ambasade
Factory	Fabrika
Hospital	Bolnica
Hostel	Hostel
Hotel	Hotel
Laboratory	Laboratorija
Museum	Muzej
Observatory	Opservatorij
School	Škola
Stadium	Stadion
Supermarket	Supermarket
Tent	Šator
Theater	Pozorište
Tower	Toranj
University	Univerzitet

Business
Biznisni Fax

Budget	Budžet
Career	Karijera
Company	Firma:
Cost	Kost
Currency	Valuta
Discount	Popust
Economics	Ekonomija
Employee	Zaposleni
Employer	Poslodavac
Factory	Fabrika
Finance	Finansije
Income	Prihod
Investment	Ulaganje
Manager	Menadžer
Merchandise	Roba
Money	Novac
Office	Kancelarija
Sale	Prodaja
Shop	Prodavnica
Taxes	Porezi

Camping
Kampovanje

Adventure	Avantura
Animals	Životinje
Cabin	Kabina
Canoe	Kanu
Compass	Kompas
Fire	Pali!
Forest	Šuma
Fun	Zabava
Hammock	Hammock
Hat	Šešir
Hunting	Lov
Insect	Insekt
Lake	Jezero
Map	Mapa
Moon	Mjesec
Mountain	Planina
Nature	Priroda
Rope	Uže
Tent	Šator
Trees	Drveće

Chemistry
Hemija

Acid	Kiselina
Alkaline	Alkalna
Atomic	Atomski
Carbon	Ugljik
Catalyst	Katalizator
Chlorine	Hlor
Electron	Elektron
Enzyme	Enzim
Gas	Gas
Heat	Toplota
Hydrogen	Vodik
Ion	Ion
Liquid	Liquid
Molecule	Molekula
Nuclear	Nuklearni
Organic	Organski
Oxygen	Kisik
Salt	So
Temperature	Temperatura
Weight	Težina

Chocolate
Čokolada

Antioxidant	Antioksidant
Aroma	Aroma
Bitter	Gorak
Cacao	Cacao
Calories	Kalorije
Candy	Slatkiš
Caramel	Karamel
Coconut	Kokos
Craving	Žudnja
Delicious	Ukusno
Exotic	Egzotično
Favorite	Favorit
Ingredient	Sastojak
Peanuts	Kikiriki
Quality	Kvalitet
Recipe	Recept
Sugar	Šećer
Sweet	Slatko
Taste	Ukus

Circus
Cirkus

Acrobat	Acrobat
Animals	Životinje
Balloons	Baloni
Candy	Slatkiš
Clown	Klaun
Costume	Kostim
Elephant	Slon
Juggler	Žongler
Lion	Lav
Magic	Magija
Monkey	Majmun
Music	Muzika
Parade	Parada
Show	Pokazati
Spectacular	Spektakularno
Spectator	Spectator
Tent	Šator
Tiger	Tigar
Trick	Trik

Clothes
Odjeća

Apron	Kecelja
Belt	Kaiš
Blouse	Bluza
Bracelet	Narukvica
Coat	Kaput
Dress	Haljina
Fashion	Moda
Gloves	Rukavice
Hat	Šešir
Jacket	Jakna
Jeans	Farmerke
Jewelry	Nakit
Pajamas	Pidžama
Pants	Hlače
Sandals	Sandale
Scarf	Šal
Shirt	Košulja
Shoe	Cipela
Skirt	Suknja
Sweater	Džemper

Colors
Boje

Azure	Azure
Beige	Bež
Black	Crna
Blue	Plava
Brown	Brown
Cyan	Cyan
Fuchsia	Fuksija
Green	Zeleno
Grey	Siva
Indigo	Indigo
Magenta	Magenta
Orange	Narandžasto
Pink	Roze
Purple	Purpurno
Red	Crven
Sepia	Sepia
Violet	Violet
White	Bela
Yellow	Žuto

Countries #1
Zemlje # 1

Brazil	Brazil
Canada	Kanada
Egypt	Egipat
Finland	Finska
Germany	Njemačka
Iraq	Irak
Israel	Izrael
Italy	Italija
Latvia	Latvija
Libya	Libija
Morocco	Maroko
Nicaragua	Nikaragva
Norway	Norveška
Panama	Panama
Poland	Poljska
Romania	Rumunija
Senegal	Senegal
Spain	Španija
Venezuela	Venecuela
Vietnam	Vijetnam

Countries #2
Zemlje Broj 2

Albania	Albanija
Denmark	Danska
Ethiopia	Etiopija
Greece	Grčka
Haiti	Haiti
Jamaica	Jamajka
Japan	Japan
Laos	Laos
Lebanon	Libanon
Liberia	Liberija
Mexico	Meksiko
Nepal	Nepal
Nigeria	Nigerija
Pakistan	Pakistan
Russia	Rusija
Somalia	Somalija
Sudan	Sudan
Syria	Sirija
Uganda	Uganda
Ukraine	Ukrajina

Creativity
Kreativnost

Artistic	Umjetnički
Authenticity	Autentičnost
Clarity	Jasnoća
Dramatic	Dramaticno
Emotions	Emocije
Expression	Izraz
Fluidity	Fluidnost
Ideas	Ideje
Image	Slika
Imagination	Mašta
Impression	Utisak
Inspiration	Inspiracija
Intensity	Intenzitet
Intuition	Intuicija
Inventive	Inventivno
Sensation	Senzacija
Skill	Vještina
Spontaneous	Spontano
Visions	Vizije
Vitality	Vitalnost

Days and Months
Dani i Mjeseci

April	April
August	Avgust
Calendar	Kalendar
February	Februar
Friday	Petak
January	Januar
July	Juli
March	Mart
Monday	Ponedjeljak
Month	Mjesec
November	Novembar
October	Oktobar
Saturday	Subota
September	Septembar
Sunday	Nedjelja
Thursday	Četvrtak
Tuesday	Utorak
Wednesday	Srijeda
Week	Sedmicu
Year	Godina

Diplomacy
Diplomatija

Adviser	Savjetnik
Ambassador	Ambasador
Citizens	Građani
Civic	Građanski
Community	Zajednica
Conflict	Sukob
Cooperation	Saradnja
Diplomatic	Diplomatski
Discussion	Diskusija
Embassy	Ambasade
Ethics	Etika
Government	Vlada
Humanitarian	Humanitarac
Integrity	Integritet
Justice	Pravda
Politics	Politika
Resolution	Rezolucija
Security	Sigurnost
Solution	Rješenje
Treaty	Ugovor

Driving
Vožnja

Accident	Nesreća
Brakes	Kočnice
Car	Auto
Danger	Opasnost
Driver	Vozač
Fuel	Gorivo
Garage	Garaža
Gas	Gas
License	Licenca
Map	Mapa
Motor	Motor
Motorcycle	Motocikl
Pedestrian	Pješak
Police	Policija
Road	Cesta
Safety	Sigurnost
Speed	Brzina
Traffic	Saobraćaj
Truck	Kamion
Tunnel	Tunel

Ecology
Ekologija

Climate	Klima
Communities	Zajednice
Diversity	Raznolikost
Drought	Suša
Fauna	Fauna
Flora	Flora
Global	Globalno
Habitat	Stanište
Marine	Marine
Marsh	Marsh
Mountains	Planine
Natural	Prirodno
Nature	Priroda
Plants	Biljke
Resources	Resursi
Species	Vrsta
Survival	Opstanak
Sustainable	Održivo
Vegetation	Vegetacija
Volunteers	Volonteri

Electricity
Elektricitet

Battery	Baterija
Bulb	Sijalica
Cable	Kabl
Electric	Električni
Electrician	Električar
Equipment	Oprema
Generator	Generator
Lamp	Lampa
Laser	Laser
Magnet	Magnet
Negative	Negativno
Network	Mreža
Objects	Objekti
Positive	Pozitivno
Quantity	Količina
Socket	Socket
Storage	Skladište
Telephone	Telefon
Television	Televizija
Wires	Žice

Energy
Energija

Battery	Baterija
Carbon	Ugljik
Diesel	Dizel
Electric	Električni
Electron	Elektron
Entropy	Entropija
Environment	Okruženje
Fuel	Gorivo
Gasoline	Benzin
Heat	Toplota
Hydrogen	Vodik
Industry	Industrija
Motor	Motor
Nuclear	Nuklearni
Photon	Foton
Pollution	Zagađenje
Renewable	Obnovljivo
Steam	Para
Turbine	Turbina
Wind	Vjetar

Engineering
Inženjering

Angle	Ugao
Axis	Osa
Calculation	Izračun
Construction	Gradnja
Depth	Dubina
Diagram	Dijagram
Diameter	Diameter
Diesel	Dizel
Dimensions	Dimenzije
Distribution	Distribucija
Energy	Energija
Levers	Poluge
Liquid	Liquid
Machine	Mašina
Measurement	Merenje
Motor	Motor
Propulsion	Pogon
Stability	Stabilnost
Strength	Strength
Structure	Struktura

Family
Porodično Ime

Ancestor	Predak
Aunt	Tetka
Brother	Brate
Child	Dijete
Childhood	Djetinje
Children	Djeca
Cousin	Rođak
Daughter	Kćerka
Grandchild	Unuče
Grandfather	Djed
Grandson	Unuk
Husband	Suprug
Maternal	Majčinska
Mother	Majka
Nephew	Nećak
Niece	Nećakinja
Paternal	Paternal
Sister	Sestra
Uncle	Ujak
Wife	Supruga

Farm #1
Farma # 1

Agriculture	Poljoprivreda
Bee	Pčela
Bison	Bizon
Calf	Tele
Cat	Mačka
Chicken	Kokoš
Cow	Krava
Crow	Vrana
Dog	Pas
Donkey	Magarac
Fence	Ograda
Fertilizer	Đubrivo
Field	Polje
Goat	Koza
Hay	Sijeno
Honey	Med
Horse	Konj
Rice	Riža
Seeds	Sjeme
Water	Voda

Farm #2
Farma #2

Animals	Životinje
Barley	Ječam
Barn	Barn
Beehive	Košnica
Corn	Kukuruz
Duck	Patka
Farmer	Farmer
Food	Hrana
Fruit	Voće
Irrigation	Navodnjavanje
Lamb	Jamb
Llama	Llama
Meadow	Livada
Milk	Mlijeko
Orchard	Voćnjak
Sheep	Ovce
Shepherd	Pastir
Tractor	Traktor
Vegetable	Povrće
Wheat	Pšenica

Flowers
Cvijeće

Bouquet	Buket
Calendula	Calendula
Clover	Clover
Daffodil	Daffodil
Daisy	Tratinčica
Dandelion	Maslačak
Gardenia	Gardenia
Hibiscus	Hibiskus
Jasmine	Jasmine
Lavender	Lavanda
Lilac	Jorgovan
Lily	Lily
Magnolia	Magnolija
Orchid	Orhideja
Peony	Peony
Petal	Petal
Plumeria	Plumeria
Poppy	Poppy
Sunflower	Suncokret
Tulip	Tulip

Food #1
Hrana # 1

Apricot	Marelica
Barley	Ječam
Basil	Basile
Carrot	Mrkva
Cinnamon	Cimet
Garlic	Češnjak
Juice	Sok
Lemon	Limun
Milk	Mlijeko
Onion	Luk
Peanut	Kikiriki
Pear	Kruška
Salad	Salata
Salt	So
Soup	Supa
Spinach	Špinat
Strawberry	Jagoda
Sugar	Šećer
Tuna	Tuna
Turnip	Repa

Food #2
Hrana # 2

Apple	Jabuka
Artichoke	Artičoka
Banana	Banana
Broccoli	Brokula
Celery	Celer
Cheese	Sir
Cherry	Trešnja
Chicken	Kokoš
Chocolate	Čokolada
Egg	Jaje
Eggplant	Patlidžan
Fish	Riba
Grape	Grožđe
Ham	Šunka
Kiwi	Kivi
Mushroom	Gljiva
Rice	Riža
Tomato	Paradajz
Wheat	Pšenica
Yogurt	Jogurt

Force and Gravity
Sila i Gravitacija

Axis	Osa
Center	Centar
Discovery	Otkriće
Distance	Razdaljina
Dynamic	Dinamički
Expansion	Proširenje
Friction	Trenje
Impact	Udar
Magnetism	Magnetizam
Mechanics	Mehanika
Momentum	Momentum
Motion	Kretanje
Orbit	Orbita
Physics	Fizika
Pressure	Pritisak
Properties	Osobine
Speed	Brzina
Time	Vrijeme
Universal	Univerzalni
Weight	Težina

Fruit
Voće.

Apple	Jabuka
Apricot	Marelica
Avocado	Avokado
Banana	Banana
Berry	Berry
Cherry	Trešnja
Coconut	Kokos
Fig	Fig
Grape	Grožđe
Guava	Guava
Kiwi	Kivi
Lemon	Limun
Mango	Mango
Melon	Dinja
Nectarine	Nektarin
Papaya	Papaya
Peach	Breskvica
Pear	Kruška
Pineapple	Ananas
Raspberry	Malina

Garden
Vrt

Bench	Klupa
Bush	Grm
Fence	Ograda
Flower	Cvijet
Garage	Garaža
Garden	Bašta
Grass	Trava
Hammock	Hammock
Hose	Crijevo
Lawn	Travnjak
Orchard	Voćnjak
Pond	Pond
Rake	Rake
Shovel	Lopata
Soil	Zemlja
Terrace	Terasa
Trampoline	Trampolin
Tree	Drvo
Vine	Vine
Weeds	Korov

Gardening
Vrtlarstvo

Blossom	Blossom
Botanical	Botanički
Bouquet	Buket
Climate	Klima
Compost	Kompost
Container	Kontejner
Dirt	Blato
Edible	Jestivo
Exotic	Egzotično
Floral	Cvjetni
Foliage	Lišće
Hose	Crijevo
Leaf	List
Moisture	Vlaga
Orchard	Voćnjak
Seasonal	Sezonski
Seeds	Sjeme
Soil	Zemlja
Species	Vrsta
Water	Voda

Geography
Bibliografija

Altitude	Visina
Atlas	Atlas
City	Grad
Continent	Kontinent
Country	Zemlja
Hemisphere	Hemisfera
Island	Island
Latitude	Latitude
Map	Mapa
Meridian	Meridijan
Mountain	Planina
North	Sjever
Ocean	Ocean
Region	Region
River	Rijeka
Sea	More
South	Jug
Territory	Teritorija
West	Zapad
World	Svijet

Geology
Geologija

Acid	Kiselina
Calcium	Kalcij
Cavern	Pećina
Continent	Kontinent
Coral	Koral
Crystals	Kristali
Cycles	Ciklusi
Earthquake	Zemljotres
Erosion	Erozija
Fossil	Fosil
Geyser	Gejzir
Lava	Lava
Layer	Sloj
Minerals	Minerali
Plateau	Plateau
Quartz	Kvarc
Salt	So
Stalactite	Stalaktit
Stone	Stone
Volcano	Vulkan

Geometry
Geometrija

Angle	Ugao
Calculation	Izračun
Circle	Krug
Curve	Krivina
Diameter	Diameter
Dimension	Dimenzija
Equation	Jednačina
Height	Visina
Horizontal	Horizontalno
Logic	Logika
Mass	Mass
Median	Medijan
Number	Broj
Parallel	Paralelno
Proportion	Proporcija
Segment	Segment
Surface	Površina
Symmetry	Simetrija
Theory	Teorija
Triangle	Trougao

Government
Vlada

Citizenship	Državljanstvo
Civil	Civil
Constitution	Ustav
Democracy	Demokratija
Discussion	Diskusija
Equality	Jednakost
Independence	Nezavisnost
Judicial	Sudski
Justice	Pravda
Law	Zakon
Leader	Vođa
Liberty	Sloboda
Monument	Spomenik
Nation	Nacija
Peaceful	Mirno
Politics	Politika
Rights	Prava
Speech	Govor
State	Stanje
Symbol	Simbol

Hair Types
Tipovi za Kosu

Bald	Ćelav
Black	Crna
Blond	Plava
Braided	Braided
Braids	Pletenice
Brown	Brown
Colored	Obojeno
Curls	Kovrče
Curly	Curly
Dry	Suho
Gray	Siva
Healthy	Zdrav
Long	Dugo
Short	Kratko
Soft	Meko
Thick	Debeo
Thin	Tanak
White	Bela

Health and Wellness #1
Zdravlje i Wellness #1

Active	Aktivno
Bacteria	Bakterije
Bones	Kosti
Clinic	Klinika
Doctor	Doktor
Fracture	Fraktura
Habit	Navika
Height	Visina
Hormones	Hormoni
Hunger	Glad
Injury	Povreda
Medicine	Lijek
Muscles	Mišići
Pharmacy	Apoteka
Reflex	Refleks
Relaxation	Opuštanje
Skin	Koža
Therapy	Terapija
Treatment	Tretman
Virus	Virus

Health and Wellness #2
Zdravlje i Wellness #2

Allergy	Alergija
Anatomy	Anatomija
Appetite	Apetit
Blood	Krv
Calorie	Kalorija
Dehydration	Dehidracija
Diet	Dijeta
Disease	Bolest
Energy	Energija
Genetics	Genetika
Healthy	Zdrav
Hospital	Bolnica
Hygiene	Higijena
Infection	Infekcija
Massage	Masaža
Nutrition	Ishrana
Recovery	Oporavak
Stress	Stres
Vitamin	Vitamin
Weight	Težina

Herbalism
Herbalizam

Aromatic	Aromaticno
Basil	Basile
Beneficial	Korisno
Culinary	Kulinarski
Fennel	Komorač
Flavor	Ukus
Flower	Cvijet
Garden	Bašta
Garlic	Češnjak
Green	Zeleno
Ingredient	Sastojak
Lavender	Lavanda
Marjoram	Marjoram
Mint	Menta
Oregano	Origano
Parsley	Peršun
Plant	Biljka
Rosemary	Rosemary
Saffron	Šafran
Tarragon	Estragon

Hiking
Planinarenje

Animals	Životinje
Boots	Čizme
Camping	Kampiranje
Cliff	Cliff
Climate	Klima
Guides	Vodiči
Hazards	Opasnosti
Heavy	Teška
Map	Mapa
Mountain	Planina
Nature	Priroda
Orientation	Orijentacija
Parks	Parkovi
Preparation	Priprema
Stones	Kamenje
Summit	Samit
Sun	Sunce
Tired	Umoran
Water	Voda
Wild	Divlji

House
Kuća

Attic	Tavan
Broom	Metla
Curtains	Zavjese
Door	Vrata
Fence	Ograda
Fireplace	Kamin
Floor	Floor
Furniture	Namještaj
Garage	Garaža
Garden	Bašta
Keys	Ključeve
Kitchen	Kuhinja
Lamp	Lampa
Library	Biblioteka
Mirror	Ogledalo
Roof	Krov
Room	Soba
Shower	Tuš
Wall	Zid
Window	Prozor

Human Body
Ljudsko Tijelo

Ankle	Gležanj
Blood	Krv
Bones	Kosti
Brain	Mozak
Chin	Chin
Ear	Uho
Elbow	Lakat
Face	Lice
Finger	Finger
Hand	Ruka
Head	Glava
Heart	Srce
Jaw	Čeljust
Knee	Koljeno
Leg	Noga
Mouth	Usta
Neck	Vrat
Nose	Nos
Shoulder	Rame
Skin	Koža

Insects
Insekti

Ant	Ant
Aphid	Aphid
Bee	Pčela
Beetle	Buba
Butterfly	Leptir
Cicada	Cicada
Cockroach	Bubašvaba
Dragonfly	Dragonfly
Flea	Buha
Grasshopper	Skakavac
Hornet	Stršljen
Ladybug	Ladybug
Larva	Larva
Locust	Locust
Mantis	Mantis
Mosquito	Komarac
Moth	Molj
Termite	Termit
Wasp	Wasp
Worm	Crv

Jazz
Džez

Album	Album
Applause	Aplauz
Artist	Umjetnik
Composer	Kompozitor
Composition	Sastav
Concert	Koncert
Drums	Bubnjevi
Emphasis	Naglasak
Famous	Čuven
Favorites	Favoriti
Improvisation	Improvizacija
Music	Muzika
New	Novo
Old	Star
Orchestra	Orkestar
Rhythm	Ritam
Song	Pjesma
Style	Stil
Talent	Dar
Technique	Tehnika

Kitchen
Kuhinja

Apron	Kecelja
Bowl	Bowl
Cups	Šolje
Food	Hrana
Forks	Forks
Freezer	Zamrzivač
Grill	Roštilj
Jar	Jar
Jug	Jug
Kettle	Čajnik
Knives	Noževi
Ladle	Ladle
Napkin	Salveta
Oven	Pecnica
Recipe	Recept
Refrigerator	Frižider
Spices	Začini
Sponge	Sunđer
Spoons	Kašike

Landscapes
Krajolici

Beach	Plaža
Cave	Pećina
Desert	Pustinja
Geyser	Gejzir
Glacier	Ledenjak
Hill	Brdo
Iceberg	Santa Leda
Island	Island
Lake	Jezero
Mountain	Planina
Oasis	Oasis
Ocean	Ocean
Peninsula	Poluotok
River	Rijeka
Sea	More
Swamp	Močvara
Tundra	Tundra
Valley	Dolina
Volcano	Vulkan
Waterfall	Vodopad

Literature
Književnost

Analogy	Analogija
Analysis	Analiza
Anecdote	Anegdota
Author	Autor
Biography	Biografija
Comparison	Poređenje
Conclusion	Zaključak
Description	Opis
Dialogue	Dijalog
Fiction	Fikcija
Metaphor	Metafora
Narrator	Narator
Novel	Roman
Poem	Poema
Poetic	Poetika
Rhyme	Rima
Rhythm	Ritam
Style	Stil
Theme	Tema
Tragedy	Tragedija

Mammals
Sisavci

Bear	Bear
Beaver	Biver
Bull	Bik
Cat	Mačka
Coyote	Kojot
Dog	Pas
Dolphin	Delfin
Elephant	Slon
Fox	Lisica
Giraffe	Žirafa
Gorilla	Gorila
Horse	Konj
Kangaroo	Kengur
Lion	Lav
Monkey	Majmun
Rabbit	Zec
Sheep	Ovce
Whale	Kit
Wolf	Vuk
Zebra	Zebra

Math
Matematiäťki

Angles	Uglovi
Arithmetic	Aritmetika
Circumference	Obim
Decimal	Decimalni
Diameter	Diameter
Equation	Jednačina
Exponent	Exponent
Geometry	Geometrija
Numbers	Brojevi
Parallel	Paralelno
Parallelogram	Paralelogram
Perimeter	Perimetar
Polygon	Poligon
Radius	Radijus
Rectangle	Pravougaonik
Square	Kvadrat
Sum	Suma
Symmetry	Simetrija
Triangle	Trougao
Volume	Volume

Measurements
Mjerenja

Byte	Bajt
Centimeter	Centimetar
Decimal	Decimalni
Degree	Stepen
Depth	Dubina
Gram	Gram
Height	Visina
Inch	Inch
Kilogram	Kilogram
Kilometer	Kilometar
Length	Dužina
Liter	Litar
Mass	Mass
Meter	Meter
Minute	Minuta
Ounce	Unca
Ton	Tona
Volume	Volume
Weight	Težina
Width	Širina

Meditation
Meditacija

Acceptance	Prihvatanje
Attention	Pažnja
Awake	Budan
Breathing	Disanje
Clarity	Jasnoća
Emotions	Emocije
Gratitude	Zahvalnost
Insight	Uvid
Mental	Mentalno
Mind	Razum
Movement	Pokret
Music	Muzika
Nature	Priroda
Peace	Mir
Perspective	Perspektiva
Silence	Tišina
Teachings	Učenja
Thoughts	Misli

Music
Muzika

Album	Album
Ballad	Balada
Chorus	Hor
Classical	Klasika
Harmonic	Harmonik
Harmony	Harmonija
Instrument	Instrument
Lyrical	Lirski
Melody	Melodija
Microphone	Mikrofon
Musical	Mjuzikl
Musician	Muzičar
Opera	Opera
Poetic	Poetika
Recording	Snimanje
Rhythm	Ritam
Rhythmic	Ritmički
Sing	Pjevati
Singer	Singer
Vocal	Vokal

Musical Instruments
Muziäťki Instrumenti

Banjo	Banjo
Bassoon	Fagot
Cello	Čelo
Clarinet	Klarinet
Drum	Bubanj
Flute	Flauta
Gong	Gong
Guitar	Gitara
Harmonica	Harmonika
Harp	Harp
Mandolin	Mandolina
Marimba	Marimba
Oboe	Oboe
Percussion	Udaraljke
Piano	Klavir
Saxophone	Saksofon
Tambourine	Tambura
Trombone	Trombon
Trumpet	Truba
Violin	Violinu

Mythology
Mitologija

Archetype	Arhetip
Behavior	Ponašanje
Creation	Stvaranje
Creature	Stvorenje
Culture	Kultura
Disaster	Katastrofa
Heaven	Nebo
Hero	Junak
Immortality	Besmrtnost
Jealousy	Ljubomora
Labyrinth	Labirint
Legend	Legenda
Lightning	Munja
Monster	Čudovište
Mortal	Smrtnik
Revenge	Osveta
Strength	Strength
Thunder	Thunder
Triumphant	Trijumfa
Warrior	Ratnik

Nature
Priroda

Animals	Životinje
Arctic	Arktik
Beauty	Ljepota
Bees	Pčele
Cliffs	Litice
Clouds	Oblaci
Desert	Pustinja
Dynamic	Dinamički
Erosion	Erozija
Fog	Magla
Foliage	Lišće
Forest	Šuma
Glacier	Ledenjak
Mountains	Planine
Peaceful	Mirno
River	Rijeka
Sanctuary	Svetište
Serene	Serene
Tropical	Tropski
Wild	Divlji

Numbers
Brojevi

Decimal	Decimalni
Eight	Osam
Eighteen	Osamnaest
Fifteen	Petnaest
Five	Pet
Four	Četiri
Fourteen	Četrnaest
Nine	Devet
Nineteen	Devetnaest
One	Jedan
Seven	Sedam
Seventeen	Sedamnaest
Six	Šest
Sixteen	Šesnaest
Ten	Deset
Thirteen	Trinaest
Three	Tri
Twelve	Dvanaest
Twenty	Dvadeset
Two	Dva

Nutrition
Ishrana

Appetite	Apetit
Balanced	Balans
Bitter	Gorak
Calories	Kalorije
Diet	Dijeta
Digestion	Probava
Edible	Jestivo
Fermentation	Fermentacija
Flavor	Ukus
Health	Zdravlje
Healthy	Zdrav
Liquids	Tečnosti
Nutrient	Nutrient
Proteins	Proteini
Quality	Kvalitet
Sauce	Sos
Spices	Začini
Toxin	Toksin
Vitamin	Vitamin
Weight	Težina

Ocean
Ocean.

Algae	Alge
Coral	Koral
Crab	Rak
Dolphin	Delfin
Eel	Jegulja
Fish	Riba
Jellyfish	Meduza
Octopus	Hobotnica
Oyster	Oyster
Reef	Greben
Salt	So
Seaweed	Seaweed
Shark	Ajkula
Shrimp	Škamp
Sponge	Sunđer
Storm	Oluja
Tides	Plime
Tuna	Tuna
Turtle	Kornjača
Whale	Kit

Pets
Kućni Ljubimci

Cat	Mačka
Claws	Kandže
Cow	Krava
Dog	Pas
Fish	Riba
Food	Hrana
Goat	Koza
Hamster	Hrčak
Kitten	Mače
Lizard	Gušter
Mouse	Miš
Parrot	Papagaj
Paws	Šape
Puppy	Štene
Rabbit	Zec
Tail	Rep
Turtle	Kornjača
Veterinarian	Veterinar
Water	Voda

Philanthropy
Filantropija

Challenges	Izazovi
Charity	Charity
Children	Djeca
Community	Zajednica
Contacts	Kontakti
Donate	Donirati
Finance	Finansije
Funds	Sredstva
Generosity	Velikodušnost
Global	Globalno
Goals	Ciljevi
Groups	Grupe
History	Istorija
Honesty	Iskrenost
Humanity	Čovječnost
Mission	Misija
People	Ljudi
Programs	Programi
Public	Javno
Youth	Mladost

Photography
Bibliografija

Black	Crna
Camera	Kamera
Color	Boja
Composition	Sastav
Contrast	Kontrast
Darkness	Tama
Definition	Definicija
Exhibition	Izložba
Format	Format
Frame	Okvir
Lighting	Rasvjeta
Object	Objekt
Perspective	Perspektiva
Portrait	Portret
Shadows	Sjene
Soften	Omekšati
Subject	Predmet
Texture	Tekstura
Visual	Vizuelni

Physics
Fizika

Acceleration	Ubrzanje
Atom	Atom
Chaos	Haos
Chemical	Hemijski
Density	Gustina
Electron	Elektron
Engine	Motor
Expansion	Proširenje
Formula	Formula
Frequency	Učestalost
Gas	Gas
Magnetism	Magnetizam
Mass	Mass
Mechanics	Mehanika
Molecule	Molekula
Nuclear	Nuklearni
Particle	Čestica
Relativity	Relativnost
Speed	Brzina
Universal	Univerzalni

Plants
Biljke

Bamboo	Bambus
Bean	Grah
Berry	Berry
Botany	Botanika
Bush	Grm
Cactus	Kaktus
Fertilizer	Đubrivo
Flora	Flora
Flower	Cvijet
Foliage	Lišće
Forest	Šuma
Garden	Bašta
Grass	Trava
Ivy	Bršljan
Moss	Moss
Petal	Latica
Root	Root
Stem	Stem
Tree	Drvo
Vegetation	Vegetacija

Professions #1
Profesije #1

Ambassador	Ambasador
Astronomer	Astronom
Banker	Bankar
Cartographer	Kartograf
Coach	Trener
Dancer	Dancer
Doctor	Doktor
Editor	Urednik
Firefighter	Vatrogasac
Geologist	Geolog
Hunter	Lovac
Jeweler	Zlatar
Lawyer	Advokat
Musician	Muzičar
Nurse	Sestro.
Pianist	Pijanist
Psychologist	Psiholog
Sailor	Mornar
Tailor	Krojač
Veterinarian	Veterinar

Professions #2
Profesije #2

Astronaut	Astronaut
Biologist	Biolog
Dentist	Zubar
Detective	Detektiv
Engineer	Inženjer
Farmer	Farmer
Gardener	Vrtlar
Illustrator	Ilustrator
Inventor	Izumitelj
Journalist	Novinar
Librarian	Bibliotekar
Linguist	Lingvist
Painter	Slikar
Philosopher	Filozof
Photographer	Fotograf
Physician	Doktor
Pilot	Pilot
Surgeon	Hirurg
Teacher	Učitelj
Zoologist	Zoolog

Psychology
Psihologija

Appointment	Sastanak
Assessment	Procjena
Behavior	Ponašanje
Childhood	Djetinje
Clinical	Klinički
Cognition	Spoznaja
Conflict	Sukob
Dreams	Snovi
Ego	Ego
Emotions	Emocije
Experiences	Iskustva
Ideas	Ideje
Perception	Percepcija
Personality	Ličnost
Problem	Problem
Reality	Stvarnost
Sensation	Senzacija
Therapy	Terapija
Thoughts	Misli
Unconscious	Nesvjesno

Rainforest
Kišna Šuma

Amphibians	Vodozemci
Birds	Ptice
Botanical	Botanički
Climate	Klima
Clouds	Oblaci
Community	Zajednica
Diversity	Raznolikost
Indigenous	Autohtoni
Insects	Insekti
Jungle	Džungla
Mammals	Sisari
Moss	Moss
Nature	Priroda
Preservation	Očuvanje
Refuge	Utočište
Restoration	Restauracija
Species	Vrsta
Survival	Opstanak
Valuable	Vrijedno

Restaurant #2
Restoran # 2

Cake	Kolač
Chair	Stolica
Delicious	Ukusno
Dinner	Večera
Eggs	Jaja
Fish	Riba
Fork	Viljuška
Fruit	Voće
Ice	Led
Lunch	Ručak
Salad	Salata
Salt	So
Soup	Supa
Spices	Začini
Spoon	Kašika
Vegetables	Povrće
Waiter	Konobar
Water	Voda

Science
Nauka

Atom	Atom
Chemical	Hemijski
Climate	Klima
Data	Podaci
Evolution	Evolucija
Experiment	Eksperiment
Fact	Činjenica
Fossil	Fosil
Gravity	Gravitacija
Hypothesis	Hipoteza
Laboratory	Laboratorija
Method	Metoda
Minerals	Minerali
Molecules	Molekule
Nature	Priroda
Organism	Organizam
Particles	Čestice
Physics	Fizika
Plants	Biljke
Scientist	Naučnik

Science Fiction
Znanstvena Fantastika

Atomic	Atomic
Books	Knjige
Chemicals	Hemikalije
Cinema	Bioskop
Dystopia	Distopija
Explosion	Eksplozija
Extreme	Extreme
Fantastic	Fantastično
Fire	Pali!
Futuristic	Futuristički
Galaxy	Galaksija
Illusion	Iluzija
Imaginary	Imaginarno
Mysterious	Misteriozno
Oracle	Oracle
Planet	Planeta
Robots	Roboti
Technology	Tehnologija
Utopia	Utopija
World	Svijet

Scientific Disciplines
Naučne Discipline

Anatomy	Anatomija
Archaeology	Arheologija
Astronomy	Astronomija
Biochemistry	Biohemija
Biology	Biologija
Botany	Botanika
Chemistry	Hemija
Ecology	Ekologija
Geology	Geologija
Immunology	Imunologija
Kinesiology	Kineziologija
Linguistics	Lingvistika
Mechanics	Mehanika
Mineralogy	Mineralogija
Neurology	Neurologija
Physiology	Fiziologija
Psychology	Psihologija
Sociology	Sociologija
Thermodynamics	Termodinamika
Zoology	Zoologija

Shapes
Oblici

Arc	Arc
Circle	Krug
Cone	Cone
Corner	Ugao
Cube	Kocka
Curve	Krivina
Cylinder	Cilindar
Edges	Ivice
Ellipse	Elipsa
Hyperbola	Hiperbola
Line	Linija
Oval	Ovalni
Polygon	Poligon
Prism	Prism
Pyramid	Piramide
Rectangle	Pravougaonik
Side	Strana
Square	Kvadrat
Triangle	Trougao

Spices
Unit-Format

Anise	Anis
Bitter	Gorak
Cardamom	Kardamom
Cinnamon	Cimet
Clove	Clove
Coriander	Coriander
Cumin	Cumin
Curry	Curry
Fennel	Komorač
Fenugreek	Fenugreek
Flavor	Ukus
Garlic	Češnjak
Ginger	Ginger
Nutmeg	Muškat
Onion	Luk
Paprika	Paprika
Saffron	Šafran
Salt	So
Sweet	Slatko
Vanilla	Vanilija

Technology
Tehnologija

Blog	Blog
Browser	Preglednik
Bytes	Bajtova
Camera	Kamera
Computer	Računar
Cursor	Kursor
Data	Podaci
Digital	Digitalno
File	Fajl
Font	Font
Internet	Internet
Message	Poruka
Research	Istraživanje
Screen	Ekran
Security	Sigurnost
Software	Softver
Statistics	Statistika
Virtual	Virtualno
Virus	Virus

The Company
Kompanija

Business	Posao
Creative	Kreativan
Decision	Odluka
Employment	Zapošljavanje
Global	Globalno
Industry	Industrija
Innovative	Inovativno
Investment	Ulaganje
Possibility	Mogućnost
Presentation	Prezentacija
Product	Proizvod
Professional	Profesionalno
Progress	Napredak
Quality	Kvalitet
Reputation	Ugled
Resources	Resursi
Revenue	Prihod
Risks	Rizici
Trends	Trendovi
Units	Jedinice

The Media
Mediji

Attitudes	Stavovi
Commercial	Komercijalno
Communication	Komunikacija
Digital	Digitalno
Edition	Izdanje
Education	Obrazovanje
Facts	Činjenice
Funding	Finansiranje
Industry	Industrija
Intellectual	Intelektualno
Local	Lokalni
Magazines	Časopisi
Network	Mreža
Newspapers	Novine
Online	Online
Opinion	Mišljenje
Photos	Slike
Public	Javno
Radio	Radio
Television	Televizija

Time
Vrijeme

Annual	Godišnji
Before	Prije
Calendar	Kalendar
Century	Century
Day	Dan
Decade	Decenija
Early	Rano
Future	Budućnost
Hour	Sat
Minute	Minuta
Month	Mjesec
Morning	Jutro
Night	Noć
Noon	Podne
Now	Sada
Soon	Uskoro
Today	Danas
Week	Sedmicu
Year	Godina
Yesterday	Juče

Town
Grad

Airport	Aerodrom
Bakery	Pekara
Bank	Banka
Bookstore	Knjižara
Cinema	Bioskop
Clinic	Klinika
Florist	Cvjećar
Gallery	Galerija
Hotel	Hotel
Library	Biblioteka
Market	Tržište
Museum	Muzej
Pharmacy	Apoteka
School	Škola
Stadium	Stadion
Store	Prodavnica
Supermarket	Supermarket
Theater	Pozorište
University	Univerzitet
Zoo	Zoo

Universe
Univerzum

Asteroid	Asteroid
Astronomer	Astronom
Astronomy	Astronomija
Atmosphere	Atmosfera
Celestial	Nebeski
Cosmic	Cosmic
Darkness	Tama
Eon	Eon
Galaxy	Galaksija
Hemisphere	Hemisfera
Horizon	Horizont
Latitude	Latitude
Moon	Mjesec
Orbit	Orbita
Sky	Nebo
Solar	Solarno
Solstice	Solsticij
Telescope	Teleskop
Visible	Vidljiv
Zodiac	Zodiac

Vacation #2
Odmor # 2

Airport	Aerodrom
Beach	Plaža
Camping	Kampiranje
Destination	Odredište
Foreign	Strani
Foreigner	Stranac
Hotel	Hotel
Island	Island
Journey	Putovanje
Leisure	Leisure
Map	Mapa
Mountains	Planine
Passport	Pasoš
Restaurant	Restoran
Sea	More
Taxi	Taksi
Tent	Šator
Train	Voz
Transportation	Transport
Visa	Visa

Vegetables
Povrće

Artichoke	Artičoka
Broccoli	Brokula
Carrot	Mrkva
Cauliflower	Karfiol
Celery	Celer
Cucumber	Krastavac
Eggplant	Patlidžan
Garlic	Češnjak
Ginger	Ginger
Mushroom	Gljiva
Onion	Luk
Parsley	Peršun
Pea	Grašak
Pumpkin	Tikva
Radish	Rotkvica
Salad	Salata
Shallot	Shallot
Spinach	Špinat
Tomato	Paradajz
Turnip	Repa

Vehicles
Vozila

Airplane	Avion
Ambulance	Hitna
Bicycle	Bicikl
Boat	Boat
Bus	Autobus
Car	Auto
Caravan	Karavan
Ferry	Trajekt
Helicopter	Helikopter
Motor	Motor
Raft	Splav
Rocket	Raketa
Scooter	Skuter
Shuttle	Šatl
Submarine	Podmornica
Subway	Podzemna
Taxi	Taksi
Tires	Gume
Tractor	Traktor
Truck	Kamion

Weather
Vrijeme

Atmosphere	Atmosfera
Climate	Klima
Cloud	Oblak
Cloudy	Oblačno
Drought	Suša
Dry	Suho
Flood	Poplava
Fog	Magla
Hurricane	Uragan
Ice	Led
Lightning	Munja
Monsoon	Monsun
Polar	Polar
Rainbow	Duga
Sky	Nebo
Storm	Oluja
Temperature	Temperatura
Thunder	Thunder
Tornado	Tornado
Wind	Vjetar

Congratulations

You made it!

We hope you enjoyed this book as much as we enjoyed making it. We do our best to make high quality games.
These puzzles are designed in a clever way for you to learn actively while having fun!

Did you love them?

A Simple Request

Our books exist thanks your reviews. Could you help us by leaving one now?

Here is a short link which will take you to your order review page:

BestBooksActivity.com/Review50

MONSTER CHALLENGE!

Challenge #1

Ready for Your Bonus Game? We use them all the time but they are not so easy to find. Here are **Synonyms**!

Note 5 words you discovered in each of the Puzzles noted below (#21, #36, #76) and try to find 2 synonyms for each word.

Note 5 Words from *Puzzle 21*

Words	Synonym 1	Synonym 2

Note 5 Words from *Puzzle 36*

Words	Synonym 1	Synonym 2

Note 5 Words from *Puzzle 76*

Words	Synonym 1	Synonym 2

Challenge #2

Now that you are warmed-up, note 5 words you discovered in each Puzzle
noted below (#9, #17, #25) and try to find 2 antonyms for each word.
How many lines can you do in 20 minutes?

Note 5 Words from **Puzzle 9**

Words	Antonym 1	Antonym 2

Note 5 Words from **Puzzle 17**

Words	Antonym 1	Antonym 2

Note 5 Words from **Puzzle 25**

Words	Antonym 1	Antonym 2

Challenge #3

Wonderful, this monster challenge is nothing to you!

Ready for the last one? Choose your 10 favorite words discovered in any of the Puzzles and note them below.

1.	6.
2.	7.
3.	8.
4.	9.
5.	10.

Now, using these words and within a maximum of six sentences, your challenge is to compose a text about a person, animal or place that you love!

Tip: You can use the last blank page of this book as a draft!

Your Writing:

Explore a Unique Store
Set Up **FOR YOU!**

MEGA DEALS

BestActivityBooks.com/**TheStore**

Designed for Entertainment!

Light Up Your Brain With Unique **Gift Ideas**.

Access **Surprising** And **Essential Supplies!**

CHECK OUT OUR MONTHLY SELECTION NOW!

- Expertly Crafted Products -

NOTEBOOK:

SEE YOU SOON!

Linguas Classics Team

Made in the USA
Coppell, TX
05 September 2023

21250874R10081